W0396763

Gesichter Kretas

Gedichte – Rezepte - Bilder - Zeichnungen

MIX
Papier aus verantwortungsvollen Quellen
Paper from responsible sources
FSC® C105338

Gesichter Kretas

Helga und Niko Papadakis

Gedichte – Rezepte - Bilder - Zeichnungen

Texte : **Niko Papadakis**
Lektorat & Bilder : **Helga Papadakis**
Zeichnungen : **Maria Sotiropoulou**

Vorwort
Nach „Kreta mit allen Sinnen“, ISBN 9 783739 2299 28 und „Kreta im Herzen“, ISBN 9 783741 2971 82 freuen wir uns sehr, Ihnen das dritte Buch der Kretahilfe e. V präsentieren zu dürfen.
Wir nennen es „Gesichter Kretas“. Warum?
Wir besuchten Dörfer, Plätze, Klöster und Tavernen und überall sahen wir Menschen, überall Gesichter, manchmal lachende, manchmal grimmige. Manchmal sind diese Gesichter entsetzt und manchmal brummig, manchmal aufgelockert und manchmal erstarrt, fröhliche wie auch traurige Gesichter, stets jedoch neugierige.

Für dieses Buch konnten wir die Künstlerin Maria Sotiropoulou gewinnen, die speziell für uns, speziell für dieses Buch Menschen auf Kreta zeichnete (Ähnlichkeiten mit noch lebenden Personen sind natürlich rein zufällig).
In gewohnter Manier haben wir auch dreißig neue Kurzgeschichten und diverse Rezepte zusammengestellt.
Hier bitten wir um Beachtung der Seite 112
Wie bei den ersten zwei Büchern fließt der Erlös ausschließlich dem gemeinnützigen Verein „Kretahilfe e.V.“ zu.

Herstellung und Verlag: BoD - Books on Demand, Norderstedt.
ISBN 9783744809306
Bibliografische Information der Deutschen Nationalbibliothek
Die Deutsche Nationalbibliothek verzeichnet diese Publikation in der Deutschen Nationalbibliografie; detaillierte bibliografische Daten sind im Internet über http://dnb.d-nb.de abrufbar.

Inhalt:

............mit Franz und Egon auf ein Bier

Mein Freund Franz verabredete sich mit mir auf ein Bier und brachte seinen Cousin Egon mit, der gerade aus Chemnitz zu Gast war. „Du hast Deinen Kosta und ich meinen Egon", sagte Franz, als er mir Egon vorstellte. Egon, ein Schreinermeister, der seit fünfzehn Jahren eine kleine Werkstatt mit zwei Fachkräften betreibt, ist mit der aktuellen Auftragslage sehr zufrieden. Über Fußball und das Wetter kamen wir auf einmal auf das Thema Europa und Egon meinte, das was die Engländer gemacht haben, wäre das einzig richtige. „Nicht böse sein", sagte er noch, „aber ich denke, wenn Griechenland auch aus der EU austreten würde, wäre es für alle viel besser und die Deutschen müssten nicht so viel zahlen." Ich fragte Egon, der mir nicht den Eindruck machte, dass er sein Wissen aus der Zeitung mit den vier Buchstaben bezieht, ob er wisse, wieviel Deutschland schon ausgegeben hat. Er zuckte mit den Schultern und als ich ihm sagte, dass es kein einziger Cent wäre und dass das Geld, das Griechenland bekommt, zu 93% an die Banken fließt, meinte er, dass er das nicht glauben würde und er denke, Deutschland wäre ohne die EU besser dran.

Sicherlich sind viele dieser Meinung und ich erinnerte Egon, dass noch niemals zuvor in Europa so viele Jahre Frieden herrschte. Die Väter Europas, und hier als einer der Wortführer Robert Schuman, der damalige französische Außenminister, sagten sich, dass Krieg nicht wieder passieren darf. Was mit einer Art Kohlenunion begann, wurde durch die römischen Verträge untermauert, und der Vertrag von Maastricht im Jahre 1992 gebar die Europäische Einheit. 500 Millionen Menschen, 27 Mitgliedsstaaten haben wir, und in 19 Staaten ist der Euro zuhause. Friede, Freude, Eierkuchen herrscht in der EU sicherlich nicht. In Frankreich, den Niederlanden wie auch in Deutschland gibt es viele

Kritiker. Aber für ein friedliches Miteinander, für wirtschaftliche und politische Zusammenarbeit gibt es keine wertvollere Gemeinschaft.
Egon meinte lediglich, dass viele Köche den Brei verderben und dass England nur der Beginn einer großen Austrittswelle wäre.
„Mag sein", sagte ich und prostete den Beiden zu. „Aber um auf Griechenland zurück zu kommen. Griechenland ist nicht das einzige Sorgenkind, alle Mittelmeerländer leiden unter dem schwachen Wachstum und dem hohen Haushaltsdefizit. Viel schlimmer als Griechenland geht es Italien oder Frankreich. Von Spanien und Portugal nicht zu sprechen, die mit einem Rekorddefizit leben müssen."
Franz hatte gerade sein drittes Bier bekommen und fragte: "Du als alter Grieche kannst uns bestimmt sagen, warum Europa so heißt." Sehr erfreut über diese Frage und die zuvor von Egon gestellte, welcher Monat der Beste wäre, um Kreta zu besuchen, berichtete ich folgendes: „Gottvater Zeus sah eine wunderschöne Königstocher aus Phönizien, das ist ein Landstreifen des heutigen Libanon und Syriens. Er tarnte sich als Stier. Die Königstocher fand den Stier toll und schwamm auf seinem Rücken durchs Meer Richtung Griechenland. Dort angekommen verwandelte sich Zeus in eine Menschengestalt, machte sie zu seiner Frau und zur Königin von Kreta. Er soll gesagt haben: ‚Der Erdteil, der dich aufgenommen hat, soll für alle Zeiten deinen Namen tragen. ' Die Königstochter hieß Europa."
Beflügelt von der Debatte über die europäische Politik und die Zinsen sprachen wir weiter über die aktuelle Situation einiger europäischer Fußballvereine und Egon berichtete, dass er vor wenigen Wochen bei einer Fußballwette tausendvierhundert Euro gewonnen hatte. Er hätte Liverpool auf Sieg gesetzt, Juve auf Auswärtssieg, Ajax Unentschieden, auf einen Sieg von Paris und

auf einen Heimsieg mit mehr als zwei Toren von Leipzig.
Das berichtete ich später Kosta, der erwiderte: Da sieht man, dass es den europäischen Gedanken doch noch gibt. Lieber Gott, wir haben doch nur ein Leben, danke dass ich das als Grieche leben darf.

.....Mode einmal anders

In den letzten drei Jahren haben in Heraklion mindestens drei Geschäfte das Licht der Welt erblickt, in denen preiswerte Produkte „Made in China“ zu erwerben sind. Mein Neffe Vassilis, der ein großer Olympiakos Piräus Fan ist berichtete, dass diese Geschäfte inzwischen auch immer mehr mit Kleidungsstücken „Made in Italy“ Werbung machen. Es stimmt, dass ich in punkto Mode und was gerade in ist nicht viel mitreden kann. Ich weiß jedoch, dass die Modemesse in Mailand ein Highlight ist und dass die Tradition, die Qualität und der Ruf die italienische Mode zu etwas Besonderem machen. Da fragte mich dieser Tage Kostas, ob ich die Meldungen über Prato gelesen habe. Ich musste eingestehen, dass mir der Name nichts sagt und erfuhr, dass Prato in der Toskana liegt und knappe 200 000 Einwohner hat. In Prato leben jedoch knapp 30 000 gemeldete und mindestens 15 000 illegale Personen aus dem Reich der Mitte. Regelmäßig hebt die Polizei versteckte Nähereien aus, in denen junge Chinesinnen und Chinesen auf engstem Raum zusammengepfercht unter unerfreulichen hygienischen Bedingungen leben. Sie arbeiten bis zu 18 Stunden am Tag, sieben Tage die Woche, zwei, drei Jahre lang – bis die zehntausend Euro oder mehr abbezahlt sind, die der illegale Einwanderer seinen Schleusern schuldet.

Ein italienischer Unternehmer erklärte einem lokalen Fernsehsender: „Diese Arbeiter atmen ja auch italienische Luft, sie nehmen durch ihr Leben hier die italienische Kultur in sich auf."
Kostas fragte mich, ob ich errechnen könnte, wieviel Kultur jemand aufnehmen kann, der so lange arbeitet und zwischen 200 und 300 Euro im Monat verdient.
„Ausbeutung? Niemals!" sagt ein Arbeitgeber weiter. Schließlich seien die Chinesen nicht an die Nähmaschinen gekettet. Und sie hätten ein Ziel: Sie wollten selber Unternehmer werden und ihrerseits andere Chinesen beschäftigen. Das erzeugt unter den Arbeitern ein Klima voller missverstandener Solidarität. Wer krank wird, fliegt raus. Faktisch ist die Belegschaft ihrem Arbeitsvermittler ausgeliefert. Er stellt den Nähern Wohnraum, Arbeit, Essen. „Bricht ein Element weg, bricht alles auseinander", sagt die Leiterin einer karitativen Organisation. Sie hofft darauf, dass die zweite Generation es besser macht, sie hofft, dass die Chinesen, die auf italienische Schulen gegangen sind, das Miteinander anders gestalten. Dann sagt sie den Satz, den in Prato viele sagen: „Wenn die Chinesen nicht nach Prato gekommen wären, hätte uns die Krise viel härter erwischt."
Laut der Italienischen Nationalbank werden aus Prato jeden Tag 1,2 Millionen Euro nach China überwiesen. Dabei erfasst die Nationalbank nur jene Geldtransfer-Büros, die amtlich registriert sind, nicht etwa jene, über die laut Polizei in einem einzigen Monat mehr als sieben Millionen Euro geflossen sind. Wer Geldwäsche dazu sagt, irrt sich sicherlich gewaltig. Manch einer vermutet, Prato sei ein chinesisches Finanzzentrum in Italien. Inzwischen laufen auch Ermittlungen gegen Polizisten, die womöglich bei den Geschäften mitmischen, statt sie zu bekämpfen. Konfliktpotential ist also reichlich vorhanden. Der Bürgermeister hat versucht, die ärgsten Alltagskonflikte per Dekret einzudämmen:

Ladenschilder müssen auch in Italienisch abgefasst sein; und außerhalb der Stadtmauer, wo Chinatown beginnt, ist um 24 Uhr Sperrstunde für alle Geschäfte. Mein Part war zur berichten, dass in der Stuttgarter Königstrasse diese „Original-Trikots“ um die neunzig Euro kosten und Vassilis erwiderte, dass seins knapp zehn Euro gekostet hat. Kostas sagte nur: Lieber Gott, wir haben doch nur ein Leben, danke dass ich das als Grieche leben darf.

.....Kostas und die Erfindungen

Mag es Sommer, Frühling, Herbst oder Winter sein, Kostas hält seinen obligatorischen Mittagschlaf und gegen 17:30 Uhr, wenn sich die Vorhänge im ersten Stock öffnen, weiß ich, er ist wach! Wenn wir dann unten im Hof sitzen, schaut sein Kopf vorsichtig heraus und dann heißt es Schokotime. Ja, Kostas braucht seinen Nachmittags- Schokotrunk. Wir genehmigen uns dann lieber Kaffee oder Tee.
Diese Nachmittage beginnen wie immer damit, was dieser oder jener getan hat und enden meistens so, dass der Abendspaziergang zum Hafen bevorsteht.
Kostas, der kein Wort englisch sprechen oder schreiben kann, lässt sich jedoch vom großen Freund Google sehr vieles übersetzen, und an diesem Aprilnachmittag informierte er uns, dass er in dem US-Magazin „The Atlantic" einen Bericht gelesen hatte, in dem Wissenschaftler die wichtigsten Erfindungen dokumentiert hatten. Er fragte uns, was wir als wichtig ansehen würden und natürlich kamen da solche Sachen wie Tabak, Ouzo, Souvlaki oder die Wasserspülung. Tante Filareti meinte, die Couch wäre auch eine sehr gute Erfindung. Dann ließen wir uns jedoch von Kosta schlau machen, der einige dieser Erfindungen, die die Wissenschaftler genannt hatten, aufzählte:
4000 v. Chr. das Segelboot und der Pflug
3000 v. Chr. der Abakus
1000 v. Chr. die Alphabetisierung und der Zement.
Dann machte er einen großen Zeitsprung:
ca. 200 n. Chr. die Papierherstellung
ca. 1100 das Papiergeld
1430 der Buchdruck
1582 der gregorianische Kalender
1712 die Dampfmaschine
1796 die ersten Impfungen
1826 der Fotoapparat
1834 der Kühlschrank
1837 der Telegraph

1846 die Anästhesie
1851 die Elektrizität
1876 das Telefon
1886 das Automobil
1903 das Flugzeug
1906 das Radio
1925 das Fernsehen
1928 das Penicillin
1970 der PC

Tante Filareti war schon etwas enttäuscht, dass ihre Favoriten, die Couch und das Schneckenragout nicht in der Aufzählung waren. Ich meinte lediglich, dass zwischen der Erfindung des Automobils und des Flugzeugs das Gründungsjahr des VfB Stuttgart liegt. Neffe Vassilis hätte gerne das Smartphone und die Bouzouki mit auf der Liste sowie selbstgedrehte Zigaretten.

Kostas fuhr fort, dass er überzeugt ist, dass die meisten dieser Erfindungen in Griechenland gemacht wurden oder Griechen tatkräftig mitgewirkt haben und endete: Lieber Gott, wir haben doch nur ein Leben, danke dass ich das als Grieche leben darf.

Frittierte Zwiebelringe (Tiganita daktilidia kremidion)

4-5 Personen

- 4-5 große Zwiebel
- Öl zum Frittieren
- 1 Teetasse Mehl
- 1 ½ Teetassen Bier
- Salz, Pfeffer

Zwiebeln säubern und in Ringe schneiden.
Mehl in eine Schale geben, Bier einrühren, bis ein glatter Teig entsteht (falls notwendig, noch etwas Wasser zugeben), pfeffern und salzen.
Öl in einer Pfanne erhitzen. Die Ringe nacheinander in den Teig tauchen und in kleinen Mengen in die Pfanne geben. Solange frittieren, bis sie auf beiden Seiten eine schöne hellbraune Farbe haben.
Mit einem Schaumlöffel herausnehmen, auf einem Küchenpapiertuch abtropfen lassen und heiß servieren.

Tomatenküchle (Ntomatokeftedes)
8-10 Pers.

- 2 kg frische reife Tomaten
- 400 g Feta
- 250 g geriebener Graviera oder Parmesan
- 1 Teetasse Semmelbrösel
- 250 g Grieß
- 5 Eier
- 2 gehackte Zwiebeln
- 2 Knoblauchzehen (gehackt)
- 2 Bund Minze (gehackt)
- ½ Bund Petersilie, gehackt
- 1 Kaffeetasse Olivenöl
- Salz, Pfeffer
- Öl und Mehl

Tomaten gut waschen, dann kurz in heißes Wasser tauchen und enthäuten. Anschließend die Kerne entfernen und die Tomaten in Stücke schneiden.
In eine tiefe Schüssel geben, den mit einer Gabel zerdrückten Feta, den geriebenen Hartkäse, die Semmelbrösel, die leicht geschlagenen Eier gut damit verrühren.
Die übrigen Zutaten hinzufügen und mit den Händen einen Teig kneten.
Aus der Masse kleine Küchle formen. In Mehl wenden und in der Pfanne in heißem Öl braten. Auf Küchenpapier abtropfen lassen und heiß servieren.

.....Kostas und You Tube

Leider sind im Verwandtschafts- und Freundeskreis sehr viele unmusikalische Menschen zu finden. Ich nenne diese so, weil sie einfach noch nicht den Geschmack für meine Gesangskünste entwickelt haben. Ja ich betone „noch nicht", weil man bekanntlich die Hoffnung niemals aufgeben soll. Einer ging sogar soweit, dass er gesagt hat, ich solle ins Smartphone singen und wenn die Klospülung verstopft sei, das Aufgenommene abspielen, im Nu wäre alles wieder frei. Ich gebe zu, dass mich das nicht unbedingt stark tangiert, wenn ich auch etwas mehr Fingerspitzengefühl erwartet hätte.
Die große und wie ich finde geniale Idee stammt von Kosta, der meinte, ich könnte doch einen Kanal bei You Tube eröffnen und unter Umständen Millionen verdienen. Er hat gehört, dass Youtuber inzwischen wie Popstars gehandelt werden und das würde sich auch im Gehalt widerspiegeln. Das US Magazin Forbes hat errechnet, dass die zehn erfolgreichsten Youtuber in einem einzigen Jahr mehr als 70 Millionen Dollar verdient haben. Der absolute Star wäre der Schwede „PewDiePie", der über 50 Millionen Follower hat und sich mit Videospielen beschäftigt. Mit weitem Abstand kommt dann an zweiter Stelle mit 10 Millionen der Amerikaner Roman Altwood, der Video-Tagebücher über seine Erlebnisse hoch lädt. Dritte im Bunde ist die Rapperin Lilly Singh.
Diese Idee gab den Startschuss und so haben Kostas und meine Wenigkeit eine Findungs-kommission ins Leben gerufen. Diese bestand aus ihm, mir, Tante Filareti und der Nachbarin Frau Penelopi, die noch nie etwas von YouTube gehört hatte. Kostas klärte sie darüber auf, dass dieser Internetkanal im Jahr fast 5 Milliarden US Dollar Umsatz macht. Sie fragte trotzdem nach, wieviel Liter Olivenöl sie damit kaufen könne und Kostas meinte, 100 Jahre lang Öl für ganz Griechenland,

und Penelopi erklärte sich sofort bereit, mitzumachen.
Der Vollständigkeit halber sollte ich noch erwähnen, dass weder Tante Filareti noch Penelopi ein Hörgerät haben, beide über neunzig sind und des Öfteren nur höflich nicken.
Leider hat sich diese Kommission nach drei nachmittäglichen Sitzungen aufgelöst. Wir werden weiterhin nur passiv You Tube konsumieren in Erwartung, dass wir irgendwann mal einen vielversprechenden Einfall haben.
Kostas seufzte: Lieber Gott, wir haben doch nur ein Leben, danke dass ich das als Grieche leben darf.

.....Antigoni ist krank

Der eingebildete Kranke ist eines der berühmtesten Theaterstücke von Molière und zugleich sein letztes Werk. Die Komödie wurde am 10. Februar 1673 uraufgeführt und die Rolle des Titelhelden spielte der Dichter selbst. Doch bei der vierten Vorstellung erlitt er einen Blutsturz. Er starb, noch in seinem Kostüm. Das Stück handelt von dem Hypochonder Argan, der sich nur einbildet, krank zu sein. Wie nahe doch Dichtung und Wahrheit beieinander liegen zeigt die Tatsache, dass Antigoni, unsere Nachbarin in Heraklion, entweder das Stück mehrmals gesehen hat, was ich weniger glaube, oder tatsächlich in ihre Einbildung so verliebt ist, dass sie jeden Tag neue Krankheiten erdenkt und zum Gesprächsthema macht.
Bitte versteht mich richtig, Antigoni ist eine sehr nette Witwe Ende Siebzig. Ihr Sohn lebt mit seiner Familie in Dafnes, einem schönen Weinort, eine gute halbe Stunde von Heraklion entfernt. Wenn wir Antigoni begegnen, was sich insofern nicht vermeiden lässt, da sie ständig die Haustür offen hat und die Leute, die vorbei kommen, in einen gewollten oder ungewollten Plausch verwickelt. Vor einigen Jahren, als das begann, machte ich mir wirklich Sorgen um sie. „Schauen Sie mal, Herr Niko“, sagte sie und hob ihren Rock hoch, damit ich ihre Krampfadern bewundern konnte. „Meine Beine machen mir wieder zu schaffen, ich war gestern wieder im Krankenhaus und man gab mir lediglich eine Salbe, die aber bestimmt nichts taugt. Es ist eine griechische Salbe, bestimmt billig und nicht so gut wie die, die ihr in Deutschland habt.“ Sie zeigte mir die Salbe, die zwar ein griechisches Etikett hatte, aber von einem berühmten deutschen Pharmakonzern stammte. „Frau Antigoni“, sagte ich, „das ist denke ich eine hervorragende Salbe, das ist ein deutsches Produkt.“ Das bewirkte, dass sie mir am Folgetag sagte, ihre Beine würden plötzlich nicht mehr so

schmerzen, da die deutsche Salbe Wunder bewirken kann. Am selben Tag klingelte sie und überschüttete meine Frau mit Tuben und Tabletten. Sie setzte sich und bat um ein Glas Limonade. „Wisst ihr, ich bin so froh, dass ihr wieder da seid", sagte sie. „Seit dem letzten Mal als ihr mir so geholfen habt…" Hier sollte ich erwähnen, dass meine Frau ihr eine Aufstellung über die ganzen Medikamente, die sie gehortet hatte, machte und griechische Aufkleber anbrachte, damit Antigoni die Zäpfchen gegen Übelkeit nicht wieder mit den Kopfschmerztabletten vertauscht. Sie fuhr fort: „ Also meine Augen sind viel schlechter geworden und meine Hände, meine Hände sag ich Euch, sicherlich habe ich Gicht oder Rheuma, ich habe so starke Gelenkschmerzen. Dann höre ich seit einigen Tagen nicht mehr so gut. Ich habe so komische Ohrgeräusche, wie wenn immer ein Güterzug vorbeifahren würde. Ich habe noch nie im Leben einen Güterzug gesehen, aber so wird es sich wahrscheinlich anhören." Sie trank ihre Limonade in einem Zug aus. „Die ist aber lecker, bestimmt ist sie aus Deutschland", sagte sie und als ihr ihr sagte, dass wir in Griechenland nur griechische Produkte einkaufen, meinte sie, dass die Limonade nicht schlecht schmecken würde, aber es bestimmt bessere in Europa gäbe.
Inzwischen kam Kostas dazu. Ein Schelm wie immer fragte er sie, ob die Bauchkrämpfe mit der Tablette, die er ihr gestern gab, besser geworden wären. „Besser? Was heißt besser, sie sind wie von Zauberhand verschwunden. Mein Bauch war heute Morgen wieder schmerzfrei und ich konnte wieder so richtig gut meinen Stuhlgang verrichten. Ich brauche unbedingt diese Tabletten, sicherlich sind sie jedoch sehr teuer." Wir schauten Kosta an und er zeigte mir was er ihr gegeben hatte, es war eine Traubenzuckerpastille mit Himbeergeschmack. Antigoni meinte dann, sie müsse schnell heim, da sie ihren Blutdruck messen müsste, das würde sie exakt immer im einstündigen Abstand machen. Sie führte

darüber akribisch Buch und wollte es am Nachmittag vorbei bringen, damit meine Frau sich das mal anschaut.
Bevor sie ging bat sie um Entschuldigung, wenn sie jetzt was Intimes aussprechen würde: Morgen wollte sie wieder ins Krankenhaus, sie glaubt, dass ihre Gebärmutter entzündet wäre. Sie war noch nicht ganz draußen, als Kostas sie zurückrief und ihr eine Traubenzuckerpastille, diesmal mit Apfelgeschmack, gab:
„Hier Frau Antigoni, die nehme ich auch immer, wenn ich ähnliche Probleme habe“, grinste er in unsere Richtung und endete:“ Lieber Gott wir haben doch nur ein Leben, danke dass ich es als Grieche leben darf.“

Plakias

ELIA – Gutes von Kreta

Seit über 25 Jahren ist für Raphaela Horvath und Dietmar Burmeister-Horvath Kreta zur zweiten Heimat geworden. Bei vielen Festen und Einladungen lernten sie bestes Olivenöl von Kreta und die mediterrane Küche in ihrer ganzen Vielfalt kennen und vor allem auch schätzen.
2004 entstand aus dieser Leidenschaft zum griechischen Olivenöl und der Liebe zu dem Land die Firma ELIA – Gutes von Kreta mit qualitativ hochwertigen Lebensmitteln. Das Olivenöl wird direkt von den Produzenten vor Ort, meist Familienbetriebe, Freunde und Bekannte im Nordwesten von Kreta, hergestellt.
Durch die langjährige freundschaftliche Verbindung mit den Erzeugern haben die Beiden Einblick in die Herstellungsprozesse vor Ort und garantieren für die hohe Qualität.
Wer rund ums Mittelmeer im Urlaub war, kennt die köstliche mediterrane Küche - eine Rezeptauswahl von mündlich überlieferten Rezepten finden Sie unter: www.gutesvonkreta.de
Auch hat sich herumgesprochen, dass mediterranes Essen eine sehr gesunde Form der Ernährung ist. Seit in den 50er Jahren die sogenannte „7-Länder-Studie“ durchgeführt wurde weiß man auch, dass die Menschen mit der Mittelmeerdiät länger gesund leben.
Dank der reichhaltigen Vielfalt an köstlichen Gaumenfreuden schon bei der recht großen Auswahl an Vorspeisen aus knackigem Gemüse, Joghurt-Dips, Oliven-Tapenaden oder Pasten aus Hülsenfrüchten beginnt jedes Essen mit Genuss. Raphaela und Dietmar haben dazu bei den Nachbarinnen und Freundinnen in die Kochtöpfe geschaut und ein Kochbuch zusammengestellt "MEZEDAKIA - Die Frauen von Kreta kochen besondere Vorspeisen"

Eine kurze Auswahl, die wir auch selbst schon bei Raphaela probieren konnten, dürfen wir hier vorstellen:

Gavros - Sardellen mariniert

- 1kg kleine, frische Sardellen
- 300 ml Balsamico Essig
- 3 Knoblauchzehen,
- 1 TL Oregano
- 500 ml Olivenöl
- Meersalz
- Pfeffer

Sardellen putzen: an der Bauchseite öffnen, aufklappen (dadurch lockern sich die Gräten, werden jedoch noch nicht entfernt), Innereien und Kopf entfernen, dann gründlich unter fließendem kalten Wasser abspülen, trocken tupfen und in ein großes Glas locker stapeln. Mit dem *Essig* übergießen und mind. 24 Std. ziehen lassen. Wieder mit kalten Wasser abspülen und trocken tupfen, nun lassen

sich die Gräten sehr leicht entfernen. Knoblauch schälen und pressen, mit den Sardellen vermischen und mit Salz und Pfeffer würzen. Wieder in das große Glas schichten, nun jedoch sorgfältig, dann mit *Olivenöl* bedecken und nochmals 2 Std. ziehen lassen. Im Kühlschrank ist es nun einen Monat haltbar. Schmeckt hervorragend mit einem grünen Salat und warmem Baguette.
Variante: Anstelle von *Essig* nur Salz verwenden und entsprechend mehr, ohne Knoblauch - ansonsten gleich verfahren.

Kräuter-Käsekugeln in Olivenöl

- 700 ml fertiger Kefir
- 1 Sieb
- Schüssel
- dünner Baumwollstoff
- 1 Glas
- Backpapier
- 1 EL Basilikum
- 1 EL Oregano
- 1 TL Thymian
- frische Kräuter
- 2 Knoblauchzehen
- Pfeffer
- 150 ml Olivenöl
- 1 Miniprise Meersalz

Welche Milch gewählt wird, ist für den Kefir egal. Für das Käseergebnis ist zu sagen, dass Kuhmilch einen recht milden Käse macht. Der Käse aus Schaf- oder Ziegenmilch wird äußerst pikant - vor allem wenn er einige Monate im Olivenöl reift. Auf die Beigabe von Salz kann man dafür generell verzichten. Ich sammele meist 3 oder 4 Tage den Kefir im Kühlschrank. Je nachdem wie groß der Kefirpilz ist,

dauert es weniger Tage oder mehr, bis ca. 700 ml beisammen sind. So lange der Kefir frisch ist, muss die Kühlkette eingehalten werden. Der fertige Kefir wird abends in ein Sieb gegeben, das mit einem Baumwolltuch ausgelegt ist. Wenn der Kefir noch im Tuch steht, einige wenige Salzkristalle dazugeben, damit die Flüssigkeit der Kefirmilch leichter durch das Tuch tropft. Das ist ein Tipp meiner käseproduzierenden Nachbarinnen auf Kreta. Abdecken und am anderen Morgen das Ganze so in den Kühlschrank stellen bis abends, damit auch der letzte Tropfen durch das Tuch hindurch fließt. Was dann übrig bleibt wird Käse und lässt sich (da kalt) ganz einfach auf ein Stück Backpapier aufstreichen. Aus dem "Milchkuchen" forme ich dann eine ca. 1/2 cm dicke Platte und bedecke alle Seiten mit dem Backpapier, 700 ml Kefir ergeben knapp 200 g Käsekugeln.
In einer Tonschüssel - gut bedeckt trocknet dann diese Käseplatte 24 Std. in der Sonne oder 1-2 Std. bei niedrigster Temperatur im Backofen. Danach ist die Platte recht fest und kommt nochmals für 1-2 Std. in den Kühlschrank, dann lassen sich die Kugeln ganz einfach formen. Knoblauchzehen pressen, Kräuter hacken, Pfeffer bereitstellen, die Platte auf einen Teller und alles mit einer Gabel zu einem schönen Brei zerdrücken. Olivenöl in ein Glas geben, einen Finger ins Öl tauchen, Handfläche benetzen, Kugelportionen zu Kugeln rollen, ins Öl geben ... fertig.

Feigen im Petimezimantel

- getrocknete Feigen
- Petimezi
- etwas Olivenöl

Backblech mit *Olivenöl* benetzen, Feigen waschen, auf einem Küchentuch trocknen und etwas glätten, mit ca. 1 cm Abstand auf dem Backblech verteilen und über jede Feige (je nach Größe der Feige) 1 TL-1 EL *Petimezi* verteilen, bei 180° 20-30 min. backen, bis der Sirup eine feste Kruste um die Feige gebildet hat.

Schmeckt zu scharfem Käse, Räucherschinken oder einfach nur pur.

Tarama Skordialia

- 1 kg Kartoffeln,
- 1kg Joghurt 10%
- 6 Knoblauchzehen
- 1 EL Taramakonzentrat
- Frische Petersilie
- 150 ml natives Olivenöl Extra
- Saft einer großen Zitrone
- Meersalz
- Pfeffer

Die Kartoffeln kochen, abkühlen lassen, schälen und pürieren. Alle anderen Zutaten vermischen und cremig schlagen, das Kartoffelpüree unterheben und mind. 1 Std. ziehen lassen. Vor dem Servieren mit Petersilie garnieren. Je nach Gegend werden die Kartoffeln durch Brot (eingeweicht) ersetzt. Auf Kreta im Winter gehört die Paste zu frittierten Fischfilets oder im Sommer als Beilage zum Grillfest.

Portokalopita - Orangenkuchen

- 500 g Teigblätter
- 3 Eier
- 150 ml Olivenöl
- 50 g Zucker
- 150 g Joghurt
- 1 P. Backpulver
- *1* Orangen-,1 Zitronenschale gerieben

  Für den Sirup:
- 200 g Zucker
- 150 ml Thymianhonig
- 1 Orangenschale gerieben
- 150 ml Wasser

Zubereitung

Teigblätter in kleine Streifen zerpflücken, in eine Auflaufform (nicht Backform) einstapeln. Eier, Olivenöl, Zucker, Joghurt, Backpulver und die geriebenen Zitronen- bzw. Orangenschalen vermengen und über die Teigblätter gießen. Bei 150° 1 Std. backen. Sirup herstellen und über den heißen Kuchen aus dem Backofen gießen, danach bedecken, damit er nicht austrocknet. Wahlweise kann auch Glyko tou koutaliou für den Kuchen genutzt werden, Schale sehr klein würfeln und den Sirup anstelle des Zuckers nutzen.

.....Alles Käse oder was ?

„Was bist Du nur für ein Grieche“, höre ich immer wieder, wenn ich gestehe, keinen Käse zu essen. Ja, ich habe mich diesbezüglich schon längst geoutet. Ich bekenne mich dazu, zu den 70 % der Menschen in Deutschland, die Nichtraucher sind, zu zählen, zu den 95 %, die nicht homosexuell sind und ich bekenne auch, zu den 6%, die sich vor Käse ekeln, zu gehören.
Ich schimpfe nicht auf die 30% Raucher, ich diskriminiere niemals die 5% Homosexuellen, ich bitte jedoch um das Verständnis der 94% Käseliebhaber, dass es auch andere Menschen gibt. Ich habe schon öfters darüber berichtet und bin schlussendlich dahin gekommen, im Restaurant, vor allem in Griechenland, bei der Bestellung zu sagen, dass ich unter Laktoseintoleranz leide und schon wird man von weiteren Fragen verschont.
Bei der Recherche zu dieser Geschichte habe ich folgende Zahlen zusammengetragen:
In Deutschland werden im Schnitt pro Kopf 24 Kilo Käse pro Jahr verspeist. Die beliebtesten Sorten sind Edamer, Gouda und Mozzarella. Bekanntlich wurde Käse schon 6000 Jahre vor Christi Geburt gegessen. Die ersten Funde wurden in Polen entdeckt und weltweit soll es nahezu 5000 Sorten geben. Die Grundtechnik der Käseherstellung, habe ich mir sagen lassen, hat sich seither kaum verändert. Interessant sind auch folgende Zahlen: Deutschland ist immer noch Europas größter Milchproduzent. Im Schnitt geben die vier Millionen Kühe rund 33 Millionen Tonnen Milch. In der Branche sagt man: Käse ist ein Milchfresser, da für ein Kilo Schnittkäse zehn Liter Milch notwendig sind. Trotz alledem, ich mag keinen Käse.
Zurück auf Kreta, letzter Herbst: Wir haben die Familie zu einem unserer Lieblingslokale in Heraklion, das „Ligo Krasi, Ligo Thalassa“, eingeladen. Das machen wir traditionell einen Tag

vor unserer Abreise, damit wir gemeinsam ein oder zwei Glas Retsina trinken und das wirklich wunderbare Essen genießen können. Alle wissen, dass ich keinen Käse esse, alle akzeptieren und respektieren es und somit wird ein Bauernsalat ohne Käse bestellt, das heißt die Scheibe Feta kommt separat. Meine Cousine Vasso ist da sehr streng und achtet sogar, obwohl ich es niemals gesagt habe, darauf, dass in meiner Nähe kein Käse sein soll.
Also der Tisch ist voller Teller mit diversen Leckereien unter anderem auch „Htipiti“ oder „Tirokafteri“, „Saganaki“, „Tirokeftedakia“ und, und, und.
Vasso macht dann gerne ihren Spruch vom „käsesortierten“ Tisch. Rührt mit ihrer Gabel die eine oder andere Käsepaste durch, schneidet den Feta in Portionen und geht dann mit derselben Gabel in die Schüssel des Bauernsalats und verschmiert die Käsereste darin.
Ich bin Vasso nicht böse und weiß inzwischen, dass zwar in Deutschland 6% der Menschen sich vor Käse ekeln, die Zahl in Griechenland jedoch bewegt sich in der Promilleregion. Somit bin ich dazu übergegangen, einen separaten Salat nur für mich zu bestellen und so sind alle glücklich und zufrieden.

Kostas ist einer der wenigen, die schmerzfrei meine Käsephobie akzeptieren, da für ihn somit viel mehr übrig bleibt. „Lieber Gott, wir haben doch nur ein Leben“, sagt er dann immer. „Danke dass ich das als Grieche leben darf.

Ligo Krasi, ligo Thalassa

Es hatte sich einmal zufällig so ergeben und an dieser Tradition halten wir schon viele Jahre fest, dass wir am letzten Abend unseres Heraklion-Aufenthalts bei „Ligo Krasi, ligo Thalassa“ mit der ganzen Familie einkehren. Die Taverne ist stets gut besucht, liegt gleich am Hafen, mit Blick auf den Koules.
Die Speisekarte ist aufgeteilt in Rubriken:
Salate
Vorspeisen
Pasta
Fleischgerichte
Fischgerichte
Tagesessen
Getränke
Jeder kreuzt an, was er gerne möchte, und alles kommt dann zusammen auf den Tisch.
Je größer die Parea, desto größer die Auswahl.
Man sollte sicherheitshalber einen Tisch reservieren, um die Köstlichkeiten zu genießen.
Die Bilder auf den Papier-Tischdecken inspirierten uns und wir fragten den Inhaber, ob wir einige dieser Rezepte übersetzen dürfen.
Er willigte ein und so freuen wir uns, die folgenden 6 Rezepte im Original und unserer Übersetzung zu präsentieren.

Fischfrikadellen (Psarobiftekia)

6 Portionen

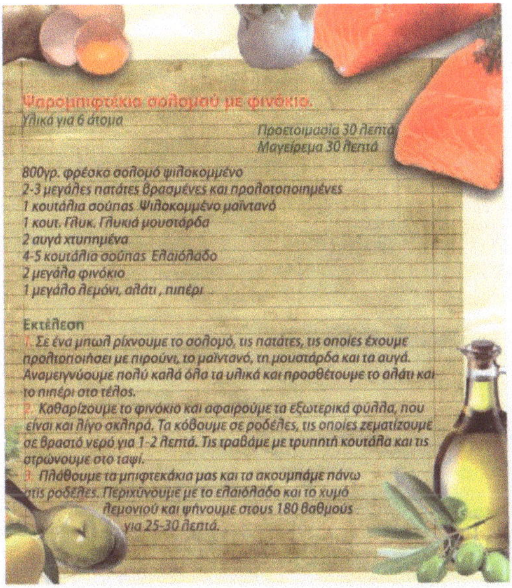
Ψαρομπιφτέκια σολομού με φινόκιο.
Υλικά για 6 άτομα
Προετοιμασία 30 λεπτά
Μαγείρεμα 30 λεπτά

800γρ. φρέσκο σολομό ψιλοκομμένο
2-3 μεγάλες πατάτες βρασμένες και προλοτοποιημένες
1 κουτάλια σούπας Ψιλοκομμένο μαϊντανό
1 κουτ. Γλυκ. Γλυκιά μουστάρδα
2 αυγά χτυπημένα
4-5 κουτάλια σούπας Ελαιόλαδο
2 μεγάλα φινόκιο
1 μεγάλο λεμόνι, αλάτι , πιπέρι

Εκτέλεση
1. Σε ένα μπωλ ρίχνουμε το σολομό, τις πατάτες, τις οποίες έχουμε προλτοποιήσει με πιρούνι, το μαϊντανό, τη μουστάρδα και τα αυγά. Αναμειγνύουμε πολύ καλά όλα τα υλικά και προσθέτουμε το αλάτι και το πιπέρι στο τέλος.
2. Καθαρίζουμε το φινόκιο και αφαιρούμε τα εξωτερικά φύλλα, που είναι και λίγο σκληρά. Τα κόβουμε σε ροδέλες, τις οποίες ζεματίζουμε σε βραστό νερό για 1-2 λεπτά. Τις τραβάμε με τρυπητή κουτάλα και τις στρώνουμε στο ταψί.
3. Πλάθουμε τα μπιφτεκάκια μας και τα ακουμπάμε πάνω στις ροδέλες. Περιχύνουμε με το ελαιόλαδο και το χυμό λεμονιού και ψήνουμε στους 180 βαθμούς για 25-30 λεπτά.

- 800 g Lachs, kleingehackt
- 2-3 große gekochte Kartoffeln
- 1 EL kleingehackte Petersilie
- 1 EL süßen Senf
- 2 verquirlte Eier
- 4-5 EL Olivenöl
- 2 große Fenchel
- 1 Zitrone
- Salz, Pfeffer

Lachs, mit der Gabel zerdrückte Kartoffeln, Petersilie, Senf und Eier in eine Schüssel geben und gut vermischen, zum Schluss salzen und pfeffern. Den Fenchel säubern, die äußeren harten Blätter entfernen. Den Rest schneiden und für 1-2 Minuten in kochendes Wasser geben. In ein Sieb gießen und abtropfen lassen, dann auf ein Backblech geben.

Aus der Lachsmasse Frikadellen formen und diese auf die Fenchelscheiben legen. Mit Zitronensaft beträufeln und bei 180 Grad im Backofen für 25-30 min backen

Tintenfisch mit Honig und Balsamico (Chtapodi me meli kai mbalsamiko)

6 Portionen

Χταπόδι στη λαδόκολλα
με ολόκληρα ακαθάριστα σκόρδα μέλι και μπαλσάμικο
Υλικά για 6 άτομα

Προετοιμασία 20 λεπτά
Μαγείρεμα 110 λεπτά

1 χταπόδι φρέσκο ή κατεψυγμένο
1 μεγάλο σκόρδο ακαθάριστο
3 κουτάλια σούπας μέλι
6 κουτάλια σούπας ξύδι μπαλσάμικο
3-4 κουτάλια σούπας ελαιόλαδο
4 φύλλα δάφνης, πιπέρι σε κόκκους

Εκτέλεση:

1. Βάζουμε το χταπόδι, αφού πρώτα το πλύνουμε και το καθαρίσουμε, σε βαθύ τηγάνι, με ένα φύλλο δάφνης και 2-3 κόκκους πιπέρι, χωρίς καθόλου νερό. Σκεπάζουμε το τηγάνι και σιγοβράζουμε σε πολύ χαμηλή θερμοκρασία για 20 λεπτά, έτσι ώστε να βγάλει τα δικά του υγρά.
2. Ετοιμάζουμε τρία μεγάλα τριπλά κομμάτια λαδόκολλας. Μοιράζουμε στο καθένα το χταπόδι, σκορπάμε 4-5 σκελίδες σκόρδο μια κουταλιά μέλι, 2 κουταλιές ξύδι, μια κουταλιά από το ζωμό που έβγαλε το χταπόδι στο τηγάνι, ένα φύλλο δάφνης, μερικούς κόκκους πιπέρι και λίγο ελαιόλαδο.
3. Κλείνουμε κάθε λαδόκολλα σχηματίζοντας μικρούς φακέλους. Τους δένουμε με σπάγκο κουζίνας και τους τοποθετούμε σε ταψί. Ψήνουμε στο φούρνο στους 180 βαθμούς για μιάμιση ώρα.

Δεν αλατίζω το φρέσκο χταπόδι αν δεν το δοκιμάσω πρώτα.

- 1 Tintenfisch (frisch oder gefroren)
- 1 große Knolle Knoblauch
- 3 EL Honig
- 6 EL Balsamico
- 3-4 EL Olivenöl

- 4 Lorbeerblätter
- Pfefferkörner

Die Lorbeerblätter in eine tiefe Pfanne legen, darauf den gründlich gesäuberten Tintenfisch legen, dazu einige Pfefferkörner geben. Auf dem Herd bei niedriger Temperatur ca. 20 min. lang sieden lassen, bis der Tintenfisch Wasser verliert.
Danach den Tintenfisch herausnehmen und in Stücke schneiden, 4-5 Knoblauchzehen, Pfefferkörner, 2 EL Honig, 2 EL Balsamico, 1 EL vom Fischsaft aus der Pfanne und das Olivenöl mischen.
Je eine Portion auf Backpapier geben und ein Säckchen daraus formen, mit einer Schnur zubinden. Im Backofen bei 180 Grad backen (1 ½ Stunden).

Gefüllte Pilze (Manitaria gemista)

6 Portionen

- 6 große Champignons
- 5 kleingehackte Zwiebeln
- 3 kleingehackte Knoblauchzehen
- 3 EL geriebener Käse (Kefalotiri, alternativ ein anderer Hartkäse)
- 6 EL geriebener Graviera
- 6 EL Semmelbrösel
- 1 EL gehackte Petersilie
- 3 EL Olivenöl
- Salz, Pfeffer

Pilze unter fließendem Wasser reinigen und abtropfen lassen.
2 EL Olivenöl in eine Pfanne geben, Knoblauch und Zwiebel für 2-3 Min. anschwitzen lassen und in die Pilze füllen.
In einer Schüssel den Kefalotiri, den Graviera, die Semmelbrösel, Öl, Petersilie, Salz, Pfeffer gut vermischen.
Die Pilze mit der Masse bis zum Rand füllen, bei 200 Grad im Backofen backen, bis sich eine helle Kruste gebildet hat (ca. 15 min).

Μανιτάρια Γεμιστά

Προετοιμασία 10'
Μαγείρεμα 18'

Υλικά για 6 άτομα
6 μεγάλα μανιτάρια Πόρτο Μπέλο
5 φρέσκα κρεμμυδάκια ψιλοκομμένα
3 σκελίδες σκόρδο πολτοποιημένες
3 κουτάλια σούπας Κεφαλοτύρι τριμμένο
6 κουτάλια σούπας Γραβιέρα τριμμένη
6 κουτάλια σούπας Φρυγανιά τριμμένη ή παξιμάδι κρίθινο τριμμένο
1 κουτάλια σούπας Μαϊντανό ψιλοκομμένο
3 κουτάλια σούπας Ελαιόλαδο
Αλάτι, πιπέρι

Εκτέλεση
1. Πλένουμε τα μανιτάρια σε άφθονο τρεχούμενο νερό. Τα τοποθετούμε ανάποδα σε ελαφρά λαδωμένο πυρέξ.
2. Σε ένα μικρό τηγάνι ρίχνουμε 2 κουτ. Σουπ. Ελαιόλαδο και σοτάρουμε το σκόρδο με τα φρέσκα κρεμμυδάκια για 2-3 λεπτά. Γεμίζουμε με το μείγμα αυτό τα μανιτάρια.
3. Σε ένα μπολ ρίχνουμε το κεφαλοτύρι και τη γραβιέρα μαζί με την τριμμένη φρυγανιά το ελαιόλαδο, το μαϊντανό, το αλάτι και το πιπέρι και ανακατεύουμε πολύ καλά μέχρι να ενωθούν τα υλικά.
4. Με ένα κουτάλι γεμίζουμε μέχρι πάνω τα μανιτάρια και τα ψήνουμε στο φούρνο στους 200 βαθμούς για 15 λεπτά μέχρι να λιώσουν τα τυριά και να σχηματιστεί μια τραγανή πυρόξανθη κρούστα.

Panierte Seezunge (Glossa pané)

6 Portionen

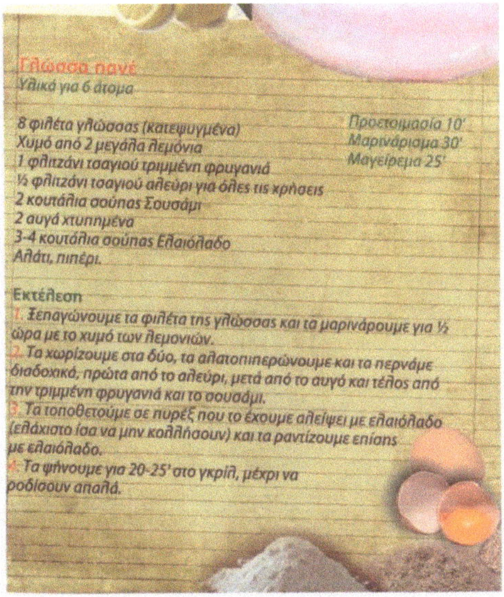
Γλώσσα πανέ
Υλικά για 6 άτομα

8 φιλέτα γλώσσας (κατεψυγμένα)
Χυμό από 2 μεγάλα λεμόνια
1 φλιτζάνι τσαγιού τριμμένη φρυγανιά
½ φλιτζάνι τσαγιού αλεύρι για όλες τις χρήσεις
2 κουτάλια σούπας Σουσάμι
2 αυγά χτυπημένα
3-4 κουτάλια σούπας Ελαιόλαδο
Αλάτι, πιπέρι.

Προετοιμασία 10'
Μαρινάρισμα 30'
Μαγείρεμα 25'

Εκτέλεση
1. Ξεπαγώνουμε τα φιλέτα της γλώσσας και τα μαρινάρουμε για ½ ώρα με το χυμό των λεμονιών.
2. Τα χωρίζουμε στα δύο, τα αλατοπιπερώνουμε και τα περνάμε διαδοχικά, πρώτα από το αλεύρι, μετά από το αυγό και τέλος από την τριμμένη φρυγανιά και το σουσάμι.
3. Τα τοποθετούμε σε πυρέξ που το έχουμε αλείψει με ελαιόλαδο (ελάχιστο ίσα να μην κολλήσουν) και τα ραντίζουμε επίσης με ελαιόλαδο.
4. Τα ψήνουμε για 20-25' στο γκριλ, μέχρι να ροδίσουν απαλά.

- 8 Seezungenfilets
- Saft von 2 großen Zitronen
- 1 Tasse voll Semmelbrösel
- ½ Tasse Mehl
- 2 EL Sesam
- 3- 4 EL Olivenöl
- Salz, Pfeffer
- 2 verquirlte Eier

Die aufgetaute Seezunge 30 min lang mit dem Zitronensaft marinieren.
Die Filets halbieren, salzen und pfeffern.
Zuerst in Mehl wenden, danach in der Eiermasse, dann in den Semmelbröseln und zum Schluss in Sesam wenden.

Die Seezungen auf ein Blech legen, mit Olivenöl beträufeln und im Backofen (Grill) ca. 20 – 25 min. braten, bis sie braun werden.

Frühlingshähnchen (Mesogiako anoixiatiko kotopoulo)

6 Portionen

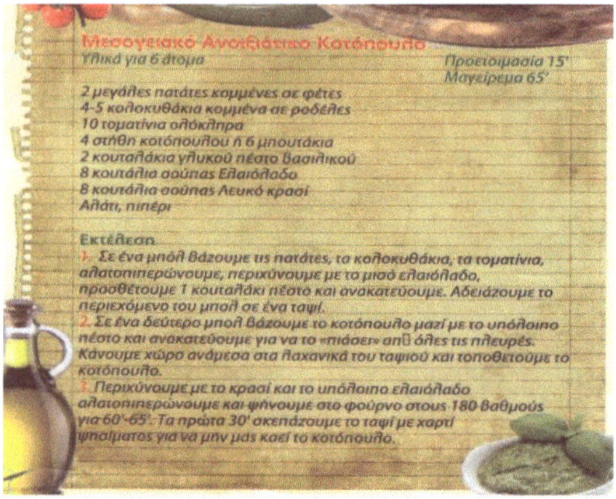

- 2-3 große in Scheiben geschnittene Kartoffeln
- 4-5 in Scheiben geschnittene Zucchini
- 10 kleingeschnittene Tomaten
- 4 Hähnchenbrüste oder 6 Hähnchenkeulen
- 2 TL Basilikumpesto
- 8 EL Olivenöl
- 8 EL Weißwein
- Salz, Pfeffer

In einer Glasschüssel Kartoffelscheiben, Zucchinischeiben, Tomatenstücke, Salz, Pfeffer, die Hälfte des Olivenöls und 1 TL Pesto vermischen. Die Masse auf ein Backblech (Tapsi) geben.

Das restl. Pesto auf die Hähnchenteile geben, auf das Gemüse legen.
Weißwein und das restliche Olivenöl darüber gießen, salzen und pfeffern und das Ganze bei 180 Grad für 60 – 65 min. backen (die ersten 30 min. mit Backpapier abdecken)

Makrele im Backofen mit Petersiliensoße (Kolioi sto fourno me saltsa maidanou)

6 Portionen

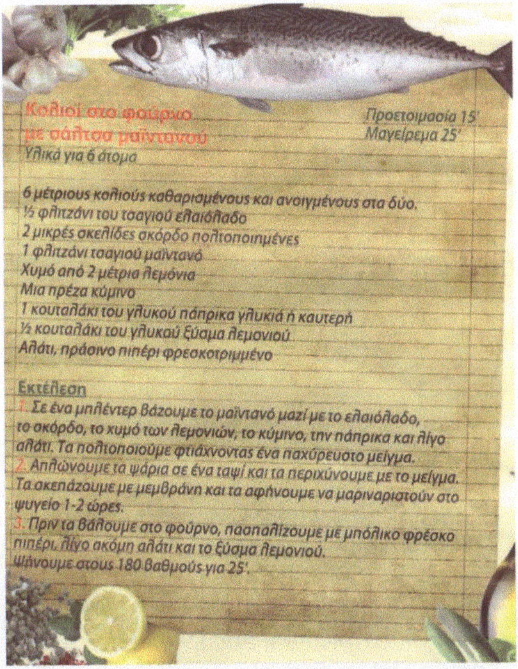

Κολιοί στο φούρνο
με σάλτσα μαϊντανού

Προετοιμασία 15'
Μαγείρεμα 25'

Υλικά για 6 άτομα

6 μέτριους κολιούς καθαρισμένους και ανοιγμένους στα δύο.
½ φλιτζάνι του τσαγιού ελαιόλαδο
2 μικρές σκελίδες σκόρδο πολτοποιημένες
1 φλιτζάνι τσαγιού μαϊντανό
Χυμό από 2 μέτρια λεμόνια
Μια πρέζα κύμινο
1 κουταλάκι του γλυκού πάπρικα γλυκιά ή καυτερή
½ κουταλάκι του γλυκού ξύσμα λεμονιού
Αλάτι, πράσινο πιπέρι φρεσκοτριμμένο

Εκτέλεση
1. Σε ένα μπλέντερ βάζουμε το μαϊντανό μαζί με το ελαιόλαδο, το σκόρδο, το χυμό των λεμονιών, το κύμινο, την πάπρικα και λίγο αλάτι. Τα πολτοποιούμε φτιάχνοντας ένα παχύρευστο μείγμα.
2. Απλώνουμε τα ψάρια σε ένα ταψί και τα περιχύνουμε με το μείγμα. Τα σκεπάζουμε με μεμβράνη και τα αφήνουμε να μαριναριστούν στο ψυγείο 1-2 ώρες.
3. Πριν τα βάλουμε στο φούρνο, πασπαλίζουμε με μπόλικο φρέσκο πιπέρι, λίγο ακόμη αλάτι και το ξύσμα λεμονιού.
Ψήνουμε στους 180 βαθμούς για 25'.

- ❖ 6 mittlere gesäuberte und halbierte Makrelen
- ❖ ½ Tasse Olivenöl

- 2 kleingehackte Knoblauchzehen
- 1Tasse gehackte Petersilie
- Saft von 2 Zitronen
- 1 EL roter Paprika
- Kreuzkümmel
- ½ EL geriebene Zitronenschale
- Salz, gemahlenen grünen Pfeffer

Die Petersilie mit dem Olivenöl, dem Knoblauch, dem Zitronensaft, Kreuzkümmel, Paprikapulver und etwas Salz mit einem Stabmixer pürieren.
Die Fische in ein Tapsi (Backblech) geben und mit der Petersilienmasse bedecken. Das Ganze abdecken und für 1-2 Stunden in den Kühlschrank stellen.
Danach mit Pfeffer, Salz und der geriebenen Zitronenschale würzen und das Backblech bei 180 Grad in den Ofen geben. Die Backzeit beträgt etwa 25 Minuten.

…….Franz und der Klimawandel

Mein alter Freund Franz aus Australien ist einer dieser Freunde, die oft mitten in der Nacht anrufen, um das, was sie bewegt, schnell an den Mann zu bringen. Franz wohnt seit über zwanzig Jahren in Adelaide, einer Millionenstadt im Süden des Kontinents. Wenn er also morgens um 8:00 Uhr seine Zeitung öffnet und etwas Interessantes liest, dann ruft er mich an, auch wenn es bei uns dann gerade Mitternacht ist.
Momentan beschäftigt ihn die Umwelt, ihn, den niemals auch nur einen Millimeter bewegt hat, wenn man von Recycling und Klimawandel gesprochen hat. Vor kurzem, als er in Stuttgart war und vom möglichen Fahrverbot hörte, lächelte er nur.

Wasser sparen, das Autofahren minimieren, mit Strom haushalten, Energie nicht vergeuden, wiederverwendbare Flaschen und Tüten benutzen - all das kannte Franz nicht. Und jetzt auf einmal meldet er sich, fünf Minuten, nachdem ich endlich eingeschlafen war, und erzählte von einem Bericht, den er gerade las.
„Weißt Du, dass es in den USA 16 Rekord-Hitzemonate gegeben hat und dass es in Deutschland seit Beginn der Industrialisierung 1,1 Grad wärmer geworden ist? Die Korallen sterben! In Sydney war dieser Januar der heißeste seit über 100 Jahren. Der Frühling beginnt immer früher. Seit den frühen 1960er Jahren hat sich die Vegetationsperiode um rund zwei Wochen nach vorne verschoben. In Afrika regnet es nicht mehr. Die Regenzeiten Oktober bis Dezember fallen aus. Die Leute verhungern und in Südamerika, im anderen Teil der Welt, haben Niederschläge Überschwemmungen hervorgerufen. Die Pole schmelzen. Der Teufelskreis lässt sich nicht aufhalten. Wenn die Eisberge abbrechen, beschleunigt sich die Eisschmelze. 100 000 Quadratkilometer Eisgürtel im Nordpol. Ein Negativrekord!"
Er legte eine Atempause ein und bemerkte, dass ich mich nicht an der Unterhaltung beteiligte. Ich hatte auch keine Chance, da er ohne Punkt und Komma sprach. Er sagte: „Sag mal bist Du eingepennt?" Ich erklärte ihm, dass es ein schwerer Tag gewesen sei und dass ich doch etwas müde wäre. Daraufhin fauchte er mich an: „Müde, wie kannst Du müde sein, wenn ich Dir so etwas Wichtiges berichte? Die Welt geht unter und Du pennst?"
Jeder weitere Versuch, ihn in seinem Redefluss zu stoppen, war vergeblich. Franz erzählte mir noch, dass Hunderte von australischen Farmern arbeitslos werden, da ohne Regen nichts angebaut werden kann. Schafzüchter können ihre Tiere nicht mehr ernähren und bieten im Internet Patenschaften für

diese an. Die Buschbrände häufen sich, weil das kleinste Feuer außer Kontrolle gerät. Durch die immer wärmer werdenden Meere wird den Walen der natürliche Lebensraum genommen. Sie verirren sich, stranden und sterben an den Stränden.
Wir sprachen weiter über die Politik in Deutschland, dann über Fußball, bis er schließlich meinte, er müsste sich langsam anziehen. Sein neuer Poolboy käme, um den neuen Pool im Garten zu befüllen. Zum Schluss berichtete er, dass er zwei Muscle Cars gekauft hat. So um die 300 PS und als ich ihn vorsichtig darauf aufmerksam machte, dass diese Autos im Schnitt 20-24 Liter pro 100 Kilometer fressen, meinte er, ich solle doch nicht so kleinlich denken. Australien sei schließlich groß.
Zwei, drei Tage später, als ich mit Kosta darüber sprach, der Franz auch gut kennt, sagte er: Lieber Gott, wir haben doch nur ein Leben, danke dass ich das als Grieche leben darf.

…….die Allergien im Alter

Fakt ist, dass in meinem ganzen Leben die Problematik der Allergien an mir vorbei gegangen ist. Übrigens geht es Kosta genauso, bis wir neulich festgestellt haben, dass meine chronisch verstopfte Nase auf Kreta nicht mehr verstopft ist. Kostas meinte, dass er mir gerne raten würde, für immer nach Griechenland zu ziehen, gab aber auch kleinlaut zu, dass diese Thematik auch Kreta nicht verschont und immer mehr Kreter an diversen Allergien leiden.
Er berichtete, dass laut einer Studie, die er gelesen hat, Katzen das größte Risiko für Allergiker sind, gefolgt von Hunden. Ein sehr geringes Risiko

besteht bei Kaninchen, Meerschweinchen und Hamstern.
„Schlimmer sind bei Euch in Deutschland die Pollen“, meinte Kostas. Durch die Klimaerwärmung hat sich die Blütezeit nach vorne verschoben und niemand kann sich gezielt schützen.
Kostas hat daraufhin gemeinsam mit Triton, das ist sein alter Schulfreund, der vor einem Jahr, nachdem er das Rentenalter erreicht hatte, aus Schweden wieder nach Kreta zurück gekommen war, einen Langzeittest gestartet.
Sie tranken zwei Wochen lang nur Weißwein aus Sitia und waren der Meinung, dass die verstopfte Nase immer noch verstopft blieb.
Die nächsten zwei Wochen tranken sie nur Rotwein aus Dafnes und waren danach felsenfest überzeugt, dass Rotwein auch nicht viel helfen würde. In den nächsten zwei Wochen war kretischer Raki an der Reihe, wobei man hier schon Wert auf biologischen Anbau setzte.
Die Woche darauf hatte Triton Geburtstag und an diesem Abend wurde alles durcheinander getrunken, so dass die selbst auferlegte Langzeitstudie über Bord geworfen wurde und die Spirale neu mit zwei Wochen Weißwein usw. fortgesetzt wurde.
Dimitrios Tsangarakis, ein Freund der beiden und seines Zeichens Arzt im Krankenhaus „Venizelio“ meinte, dass sicherlich auf die eine oder andere Weise die Allergie bekämpft werden kann, aber dass durch die von den beiden Freunden zelebrierte Methode eher die Leber massive Zerfallssymptome aufweisen wird.
„Lieber Gott, wir haben doch nur ein Leben, danke dass ich das als Grieche leben darf.“ sagte Kostas und prostete Triton zu.

.......spiel nicht mit dem Feuer

Jeder der Kosta kennt weiß, er ist ein Genuss-muss-Raucher. Er gehört zu den 31 Prozent der Griechen, die trotz Krise und öffentlichem Rauchverbot die Zigaretten nicht aus der Hand legen. Rauchen ist inzwischen in Griechenland ein Luxus geworden, obwohl Zigaretten dort immer noch viel günstiger sind als in anderen europäischen Staaten. Die Schachtel internationale Markenzigaretten kostet hier zwischen drei und vier Euro. Aber müssen es immer internationale Markenzigaretten sein, wenn so viele Lastwagen Tonnen von Zigaretten einfach auf der Fahrt von A nach B verlieren? Aber das soll nicht unser heutiges Thema sein, weil wie wir alle wissen, Kostas einer dieser Hofphilosophen ist und wir, auf jeden Fall ich, einiges von ihm lernen können.
Wir saßen also im Hof und kurz bevor er sich mit seinem Feuerzeug eine Zigarette anzündete, hielt er inne, machte ein äußerst nachdenkliches Gesicht und meinte, wie gut wir es jetzt hätten. Fragende Blicke richteten sich auf ihn, bis er fortfuhr: "Wisst Ihr, wie die Menschen früher Feuer gemacht haben? Viele meinen, dass es schon vor 400.000 Jahren möglich war, sicher ist es, dass vor 32.000 Jahren entdeckt wurde, dass manche Steine Funken schlagen, und wenn diese Funken auf leicht Entflammbares treffen, beginnen sie zu glimmen. Eine andere Möglichkeit ist das Feuerbohren gewesen. Heute wissen wir, dass Reibung Wärme erzeugt, sag das jedoch einem Neandertaler, der würde mit der Keule antworten. Naturvölker in Afrika oder Australien machen immer noch so ihr Feuer."
Tante Filareti war das Ganze zu abstrakt. Sie meinte, dass das Feuer mit Sicherheit ein Grieche erfunden hat, unsere Vorfahren waren helle Köpfchen, fuhr sie fort, aber die Heutigen, die spielen doch nur mit dem Feuer.

Tante Filareti widersprechen macht keinen Sinn. Entweder spielt sie dann die Schwerhörige oder sie steuert die Diskussion in eine unnötige Länge. Da ich auch ein Klugscheisser sein wollte, bemerkte ich, dass in Deutschland die Redewendung „Spiel nicht mit dem Feuer“ eine gräuliche Metapher ist. Wilhelm Busch hat im Struwwelpeter dieses Fehlverhalten mit dem Tod der Pauline beschrieben, deren Haar, als sie mit dem Feuerzeug spielte, Feuer fing, bis sie dann ganzkörperlich verbrannte. Paulinchen und Wilhelm Busch sind hier weitgehend unbekannt. Kostas hatte inzwischen die Zigarette ausgeraucht und sich eine neue angezündet mit der Bemerkung: „Lieber Gott, wir haben doch nur ein Leben, danke dass ich das als Grieche leben darf. Und Gott sei Paulinchen gnädig.“

...Tasos, der Poulaki war

Inzwischen ist „Poulaki“ Neunundfünfzig. Auf sein Alter und Aussehen angesprochen meinte er, dass all die, die sesshaft sind, älter werden als er. Poulaki lebt seit über fünfunddreißig Jahren auf der Straße, davon seit über zwanzig Jahren in Heraklion. Er hat ganz Griechenland bereist. Als Anastasios Giourkakis erblickte er in Ioannina das Licht der Welt. Er ging zur Schule, machte sogar einen sehr guten Gymnasialabschluss und er sollte, so war es jedenfalls vorgesehen, bei der Nationalbank eine Stelle antreten. Sein Vater arbeitete dort ebenfalls und für die Familie war klar, Tasos, so die Kurzform von Anastasios, wird Bankangestellter, heiratet Dimitroula, die Tochter des Bäckers und die beiden bekommen zwei, vielleicht auch drei Kinder und leben glücklich und zufrieden. Bekanntlich ist dieses Leben jedoch kein Wunschkonzert und an einem Donnerstag, es war der 22. Mai, sagte man ihm bei der Bank ab. Zwei Tage später meinte Dimitroula, dass sie keine Zukunft mit ihm sieht und dass sie bereits vorehelichen Geschlechtsverkehr mit Thomas dem Apotheker hatte.
Für damals noch „Tasos“ stürzte eine Welt ein und so beschloss er, nach Thessaloniki zu gehen, wo er auch eine Stelle als Gärtner beim protestantischen Friedhof fand. Zwei ganze Jahre hielt er es aus und dann machte er sich auf und ging nach Edessa, nach Volos, nach Kavalla, Alexandroupoli, um dann mit einem türkischen Truck, der Stoffe nach Athen lieferte, dorthin zu fahren. In Athen verbrachte er auch die nächsten zehn Jahre. Er war ruhelos geworden. Kein Besitz, keine Verwandte, keine Verpflichtungen. Irgendwie schlug er sich durch. Sein einziger Freund und Begleiter war der Schnaps. So richtig satt war er nie geworden, aber immer wieder gab es Touristen oder Einheimische, die was abgaben. Nachts schlief er meistens unter den

Kolonaden der Ermou. Sobald jedoch die Geschäfte öffneten, musste er seine ganze Habe einsammeln. Eine Zeit lang schlief er in einer Tiefgarage, im Sommer meist im Park. Poulaki hatte keine Angst, obwohl er schon zwei Mal zusammengeschlagen worden war, und nach dem zweiten Mal sagte er sich, dass es Zeit wäre, weiter zu reisen. Da fiel die Entscheidung für Kreta. Warum gerade Kreta weiß er nicht mehr. Er war in Piräus am Hafen und hörte ein Gespräch zweier Geschäftsleute mit, und er erinnerte sich an den Roman Alexis Zorbas von Nikos Katzantzakis. Mit Gelegenheitsjobs hatte er innerhalb einer Woche das Geld für die Überfahrt, und so kam er 1998 nach Heraklion. Zunächst brachte er sich mit Betteln über die Runden, dann kamen ausländische Bettlerbanden. Das Betteln wurde aggressiver und von da an ließ er es bleiben. Er hörte von Pater Georgios von der Kirche der Agia Sofia, die jeden Mittag eine warme Mahlzeit zubereitet. Dort ist er seither Stammgast.
Vor knapp sechs Jahren hatte er die Gelegenheit ergriffen, als Tagelöhner mit einem Truck, der Olivenöl transportierte, aufs Festland zu fahren. Er besuchte auch Ioannina und ließ es sich nicht nehmen, einen Streifzug durch sein altes Viertel zu machen. Seine Eltern waren längst verstorben und die Bäckerei von Dimitroulas Eltern war auch nicht mehr da. Er fragte, ob jemand die Familie Georgiadis noch kennt und man sagte ihm, dass sie alle nach Deutschland ausgereist wären.
Poulaki nannten ihn alle, übersetzt heißt es „Vögelchen“, weil er sich nirgendwo heimisch fühlte und immer unterwegs den Überlebenskampf führte. Jetzt ist er tot. Man fand seinen leblosen Körper nahe der Stadtmauer unweit von Nikos Katzantzakis‘ Grab.
„Lieber Gott, wir haben doch nur ein Leben, danke dass ich das als Grieche leben darf.“ sagte Kostas und trank auf das Wohl von Poulaki.

…….Kostas der Modezar

Eines kann man Kosta nicht absprechen, und das ist sein Wissen über die Mode der Metropolen.
Ok, mit seiner übergroßen Turnhose und dem T-Shirt, das gekonnt sein Körpergewicht kaschiert, sieht er nicht unbedingt wie Karl Lagerfeld aus, aber wie bereits angedeutet, er hat das Wissen und weiß, was los ist.
Als er noch Wirt der Taverne Vigla war, war einer seiner Stammgäste Dimitrios Dimitriadis. Herr Dimitriadis, inzwischen gut in den Siebzigern, hatte drei Modegeschäfte in Heraklion. Inzwischen ist eines eine Pizzeria, das zweite ein Toto- Lotto-Laden und das dritte so baufällig, dass seit drei Jahren nicht einmal die stadtbekannten Penner sich trauen, darin zu übernachten. Er hatte rechtzeitig alles verkauft, da er keine Erben hat, und lebt mit seinem Schoßhündchen „Norma“ in einem kleinen Häuschen unweit von uns. Dieser Herr besucht Kosta ein, zwei Mal im Monat und so ergab es sich, dass wir an so einem Tag auch anwesend waren. Ich traute meinen Ohren nicht, als über Paris, Mailand, London und New York gesprochen wurde. Kostas wusste, dass die New Yorker Fashion Week immer frecher daherkommt und dass man vom klassischen Stil abrückt. Der Trend ist Kleidung, die sofort bestellt werden kann. New York hätte den Ruf des Trendsetters längst verloren, meinte Herr Dimitriadis. Kostas pflichtete ihm zu und meinte, dass London dafür der Schauplatz extravaganter, mutiger und trotzdem traditioneller Mode wäre. Herr Dimitriadis berichtete, dass er vor einigen Jahren Gast im Innenhof des Somerset House war. Das Publikum bestünde hauptsächlich aus Prominenten und die Modehäuser Burberry und Mulberry würden immer noch die Szene beherrschen.
„Ich lobe über alles die Italiener“, sagte Herr Dimitriadis. „Die haben einfach die Mode im Blut. Es

geht in Mailand glamourös und extravagant zu, aber auch immer irgendwie keck und frech. Hier beherrschen im Gegensatz zu Paris die Männer die Szene.
Die Franzosen lieben es, leger und elegant zu sein. Mangelhaftigkeit in Vollkommenheit. Alles wirkt hier schräg und verrückt."
Die beiden sprachen über den Stil, den Ruf, die Designer, über das Publikum und die Atmosphäre bei den Modeschauen, so dass ich kleiner Nichtswisser sprachlos lauschte.
„Sie kommen doch aus Deutschland", sagte Herr Dimitriadis. „Waren Sie schon mal in Berlin auf einer Modemesse?" Er ließ mich nicht antworten sondern fuhr fort: „Klar ist Berlin jetzt nicht ein Synonym für Mode. Dieses Wort ist nicht verankert im Bewusstsein der Stadt. Große Designer waren fast nie da. Sie haben recht, Berlin ist einfach keine Modestadt." Bis dato hatte ich nichts gesagt, zupfte jedoch an meinem Hemd, um möglichst cool rüberzukommen.
Viel später, als Herr Dimitriadis längst gegangen war, gab mir Kostas einen Klaps und meinte: „Weißt Du, dass Herr Dimitriadis einmal mit Karl Lagerfeld und Vivienne Westwood zu Abend gegessen hat?"
Ein Achselzucken war meine Antwort und Kostas erzählte, dass früher Herr Dimitriadis vor seinem Fernseher saß, wenn die großen Modeevents und die Partys im griechischen TV übertragen wurden. Und wenn die Modestars in Nobellokalen tafelten, haben sie gemeinsam gegessen, er vor der Glotze und die anderen in Paris oder Mailand. Er schloss mit den Worten „ Lieber Gott, wir haben doch nur ein Leben, danke dass ich das als Grieche leben darf."

Oti thes

Ein anderes Lokal in Heraklion, das wir gerne besuchen, ist das „Oti thes“. Man kann es mit „Was Du willst“ übersetzen.
Dieses Lokal fanden wir durch puren Zufall kurz nach 2 Uhr morgens, als wir nach einer Veranstaltung heimfuhren und eine beleuchtete Wirtschaft sahen, unweit der Grabstätte von Nikos Kazantzakis.
Ein markanter Duft lockte uns an und wir sahen etwas, was wir schon länger in Heraklion gesucht hatten:
Wenn man über Lamm spricht, ist Antikristo die Königsdisziplin. Der Name leitet sich von der Grillmethode ab, die buchstäblich "Gegenüber dem Feuer" bedeutet.

Diese Technik ist in den Bergregionen Kretas sehr beliebt, wo Lamm die vorherrschende ökonomische Quelle ist.
Die Leute hatten keine Pfannen und Töpfe, die Leute hatten Feuer. Hirten braten Lamm auf diese Weise, weil es einfach ist. Das einzige, was man braucht, ist Feuer und Salz. Der nächste Schritt ist, das Lamm über ein großes Feuer zu legen und dann lässt man einfach die Hitze den Rest erledigen.
Die Haut kann mit Olivenöl bestrichen und mit einem Zweig Rosmarin versehen werden. Das praktische ist, dass es keine ständige Aufmerksamkeit braucht, so dass die Hirten ihre Pflicht erfüllen und nur gelegentlich einen Blick auf das Essen werfen mussten. Außerdem macht das langsame Grillen das Fleisch weich, während Salz dehydriert und eine knusprige Haut erzeugt. Ein interessanter Aspekt ist, dass dieses Gericht nur von Männern vorbereitet und gekocht wird.

....Angelika, Vegetarierin seit 27 Jahren

Angelika ist 42 Jahre alt, verheiratet, zwei Kinder, lebt in der Grenzregion Schwaben/Baden und ist seit ihrem 15. Lebensjahr bekennende Vegetarierin. Ok, das ist einerseits nichts Besonderes, anderseits jedoch beeinträchtig sie das auf Reisen, und als ihr Ehemann den Vorschlag unterbreitete, Kreta zu besuchen, war sie vollauf begeistert. Sie wusste, dass die kretische Küche von diversen Einflüssen geprägt ist. In Deutschland geht sie fast nie zu einem „Griechen". Die genormten Gerichte mit viel Fleisch und Beilagen, die häufig in den Restaurants zu finden sind, entsprechen nicht der traditionellen Küche Kretas. Frisches Gemüse, frische Kräuter und Gewürze bestimmen oft das meist fleischlose Gericht. Auf Kreta bestellt der Einheimische alles in kleinen Portionen, viel aus Gemüse und Salat, gern Fisch und Meeresfrüchte und dazu sehr wenig Fleisch. Die einzelnen Platten und Teller werden in die Tischmitte gestellt und jeder der Tischgemeinschaft nimmt sich, was er möchte. Angelika war begeistert.
Die Familie Schüller hatten wir bis dato nur einmal kurz gesehen und als die Rede davon war, dass wir gleichzeitig in Kreta sind, haben wir uns verabredet. Angelika, die sich bemerkenswert gut auskannte, was die Ernährung anbelangt, berichtete, dass die Lebensmittelunverträglichkeiten, die oft kein Arzt bestätigen kann, in den letzten Jahren zugenommen haben. Wenn wir uns wie unsere Großeltern ernähren würden, hätten wir weitaus weniger Probleme. En Beispiel: durch die vielen Softdrinks gelangt Fructose in den Dickdarm und führt zu den klassischen Symptomen wie Blähungen, Bauchschmerzen und Durchfall.
Einmal angefangen erklärte sie, dass man statt Chia-Samen auch Leinsamen verwenden kann. Die Zeitschriften werben mit Goji-Beeren, aber warum in

die Ferne schweifen, wenn Heidelbeeren genauso nahrhaft sind. In Deutschland, so fuhr sie fort, gibt es keinerlei Unterversorgung. Im Sommer haben wir Kopfsalat, Eisbergsalat, Lollorosso und im Winter gibt es Feldsalat, Chinakohl, Chicorée, was will das Herz mehr?
Kostas fragte nach bezüglich Tiefkühlkost und Angelika meinte: „Ihr hier habt es am besten. Ihr geht auf den Markt und holt Euch den Salat frisch vom Bauern. In Deutschland jedoch ist Tiefkühlkost sogar besser als das, was aus der Frischetheke kommt, weil dieses Gemüse sofort verarbeitet wird und nicht tagelang unter den Lampen liegt."
Cousine Eleni hatte vor geraumer Zeit die Gesellschaft verlassen und erschien jetzt am Fenster und rief uns zu, nach oben zu kommen, um eine Kleinigkeit zu essen.
Angelika und ihr Mann wollten sich aus dem Staub machen, aber ich bat sie, zu bleiben. Erstens ist Eleni eine wunderbare Köchin und zweitens wäre sie mit Sicherheit gekränkt. Wenn auch Eleni und Kostas wenig Geld haben, ist der Tisch gleichwohl voller Essen. Bauernsalat, gebackene Zucchini und sonstiges Gemüse, Saganaki und Spinatpita, Bohnen und auch Lammkoteletts waren zu finden, Wir erhoben unsere Gläser, tranken auf das Wohl aller Menschen und Angelika stürzte sich regelrecht auf die diversen vegetarischen Tellerchen. Jochen dagegen war etwas reservierter, aber er strahlte, als er ein Lammkotelett nahm und genüsslich hineinbiss.
" Lieber Gott, wir haben doch nur ein Leben, danke dass ich das als Grieche leben darf." sagte Kostas und nahm etwas vom Kichererbsenpüree, nicht weil ihn Angelika so überzeugt hatte, sondern nur der Tatsache geschuldet, dass er inzwischen keinen einzigen Zahn mehr im Mund hatte.

..... Alles digital oder ?

Eine Zahl stimmte mich neulich sehr nachdenklich. In drei bis vier Jahren soll der Verkauf von Geräten, die eine virtuelle Realität simulieren, eine Milliarde Euro Umsatz allein in Deutschland generieren. Mit Hilfe einer solchen Brille z.B. kann man heute schon mit der Spielekonsole Monster jagen oder Weltuntergangsszenarien entwerfen. Mieter können jetzt schon virtuell eine Wohnung besichtigen und müssen nicht vor Ort sein. Ein schwedisches Möbelhaus ermöglicht es, komplette Wohnungseinrichtungen zu konfigurieren und die

Feuerwehr übt, Brände zu löschen. Die Branche ist sich sicher, dass solche Brillen eher im Geschäftsbereich erfolgreich sein werden, da z.B. ein Heizungsmonteur komplette Wartungsanweisungen auf einen Blick hat.
Hinzu kommt, dass Milliarden von Geräten vernetzt werden, und hier ist nicht die produzierende Industrie gemeint. Hochmoderne Baby-Überwachungskameras gibt es genauso wie den Gehstock mit integriertem Alarmknopf. Zahnbürsten sind vernetzt und melden dem System den Grad der Verschmutzung. Die elektronische Haarbürste stellt den Schuppenanteil der Haare graphisch dar. Lampen, Türschlösser, Steckdosen, Kühlschränke sind vernetzt, das ist jedoch ein alter Hut. Aktuell ist die Sprachsteuerung der große Renner. Fitnessarmbänder, Computeruhren, die den Blutdruck und die Herzfrequenz messen, sind inzwischen schon Standard.
Computer lernen, wie Menschen zu denken. Diese künstliche Intelligenz ist nicht aufzuhalten. Roboter, Drohnen oder autonome Fahrzeuge, die Liste wird täglich länger.
IBM investiert Millionen und Abermillionen, und Roboter sind im Stande, die Steuererklärung zu bearbeiten oder bei Versicherungsfällen zu assistieren.
Das alles ist nicht Kosta's Welt. Da er keine Zähne hat, braucht er keine virtuelle Zahnbürste. Da seine Haarpracht auch nicht so üppig ist, ist die virtuelle Haarbürste auch kein großer Helfer. Was er sich jedoch wünschen würde, wäre ein klitzekleiner Elektroschocker, den er mit Hilfe virtueller Helfer manch einem Politiker in den Hintern einpflanzen würde. „Nein, verstehe mich richtig", sagte er. „Ich will niemanden verletzen, aber sobald ein Politiker lügt, soll der virtuelle Helfer einen kleinen Elektroschlag auslösen und so würden diese Herren sehr schnell erkennen, dass nur, wenn sie ehrlich zu

den Menschen sind, sie auch schmerzfrei ihr Leben und ihren Beruf genießen können.“
Tante Filareti hatte sofort einige Namen parat, die für so ein Gerät in Frage kommen würden.
Unsere Unterhaltung wurde von Eleni unterbrochen, die in die Runde fragte, wer einen griechischen Mokka auf Holzkohle gebrüht trinken möchte. Da wurde das Thema der virtuellen Realität auf einmal ganz in den Hintergrund geschoben.
“ Lieber Gott, wir haben doch nur ein Leben, danke dass ich das als Grieche leben darf.“ Sagte Kostas und trank etwas später genüsslich seinen Mokka.

……. Salomonisches Urteil

... es kamen zwei Dirnen und traten vor den König. Die eine sagte: „Bitte Herr, ich und diese Frau wohnen im gleichen Haus, und ich habe dort in ihrem Beisein geboren. Am dritten Tag nach meiner Niederkunft gebar auch diese Frau. Wir waren beisammen; kein Fremder war bei uns im Haus, nur wir beide waren dort. Nun starb der Sohn dieser Frau während der Nacht. Sie stand mitten in der Nacht auf, nahm mir mein Kind weg, während ich schlief, und legte es an ihre Seite. Ihr totes Kind aber legte sie an meine Seite. Als ich am Morgen aufstand, um mein Kind zu stillen, war es tot. Als ich es aber genau ansah, war es nicht mein Kind, das ich geboren hatte.“ Da rief die andere Frau: „Nein, mein Kind lebt, und dein Kind ist tot.“ Doch die erste entgegnete: „Nein, dein Kind ist tot, und mein Kind lebt.“ So stritten sie vor dem König. Da begann der König: „Holt mir ein Schwert!“ Man brachte es vor den König. Nun entschied er: „Schneidet das lebende Kind entzwei, und gebt eine Hälfte der einen und eine Hälfte der anderen!“ Doch nun bat die Mutter des lebenden Kindes den König - es regte sich nämlich in ihr die mütterliche Liebe zu ihrem Kind: „Bitte, Herr, gebt ihr das lebende Kind, und tötet es nicht!“ Doch die andere rief: „Es soll weder mir noch dir gehören. Zerteilt es!“ Da befahl der König: „Gebt jener das lebende Kind, und tötet es nicht; denn sie ist seine Mutter.“ Ganz Israel hörte von dem Urteil, das der König gefällt hatte, und sie schauten mit Ehrfurcht zu ihm auf; denn sie erkannten, dass die Weisheit Gottes in ihm war.

Diese Geschichte kennen wir ja aus dem Alten Testament und heute noch sprechen wir vom Salomonischen Urteil, wobei heute fast nur noch faule Kompromisse auf der Tagesordnung zu finden sind.
An diesem Nachmittag in Heraklion besuchte uns der Pope Georgios. Er betreut mit einigen Ordensschwestern Säuglinge, die kurz nach der Geburt von der Mutter verlassen wurden bzw. die vor einem Polizeirevier oder einer Arztpraxis in Heraklion abgestellt wurden. Pater Georgios ist Anfang sechzig und die Zeit mit ihm ist immer sehr lehrreich und für uns stets eine Bereicherung.
Er mag heiße Schokolade und wir wissen, dass er diese Vorliebe mit Kosta teilt. Er hatte einen Zeitungsauschnitt mitgebracht, in dem berichtet wurde, dass in einem Zoo in Neuseeland … aber von Anfang an. Pater Georgios erklärte uns, dass es für Pinguine schwierig ist, Eier auszubrüten. Die Pinguine wärmen ihr Ei in einer Hautfalte zwischen den Füßen und anschließend muss das ausgeschlüpfte Küken mit Fisch gefüttert werden. Das dauert fast ein ganzes Jahr, und darum ist immer ein Pinguinpaar für die Betreuung zuständig. In diesem neuseeländischen Zoo wurde eine Pinguindame von ihrem Partner verlassen und sie konnte sich nicht allein um das noch auszubrütende Ei kümmern. So wurde das Ei einem weiblichen Pinguinpaar anvertraut und siehe da, das Ei wurde angenommen und ausgebrütet. Die beiden

weiblichen Pinguine verstehen sich als Paar und sie kümmern sich gemeinsam um ihr Küken.
Was würde passieren, wenn es keine Pinguine wären sondern Menschen, und auf einmal der verschollene Vater auftauchen und sein Recht auf das Kind verlangen würde?
„Ich glaube, die Gerichte wären sehr überfordert", sagte Kostas und fuhr fort: "Lieber Gott, wir haben doch nur ein Leben, danke dass ich das als Grieche leben darf. Und danke auch, dass das Küken ein Pinguin ist.

Thrakopsomo

Für den schnellen Hunger, aber auch immer wieder gerne besuchen wir das Thraka tis Platias beim Eleftheria Platz. Das Wort ist hergeleitet aus dem altgriechischen Wort für Grill oder Feuerstelle und bei Lefteris und seiner Mannschaft gibt es dieses Thrakabrot. Im Gegensatz zu Gyros in Pita wird hier ofenfrisches Bauernbrot genommen. Der Inhalt variiert hier als Schweinegyros oder Hähnchengyros mit den entsprechenden Soßen, Pommes, Salat und was sonst noch das Herz darin begehren würde.
Hier möchte ich nicht unerwähnt lassen, dass es diese Spezialität auch nur bei „Thraka" gibt. Günstig ist nicht immer gleich billig, das beweist Lefteris mit seinen Preisen, die auch für den kleinen Geldbeutel geeignet sind.
Wie das aussieht, ist auf Seite 115 zu finden.

……. Kostas im Schlagerhimmel

Kostas ist der Tausendsassa von Heraklion. Das wissen wir inzwischen und viele schätzen seinen Rat.
Ich gebe es zu, in vielen Punkten gehen wir übereinstimmend durch den Tag, in anderen jedoch sind wir so unterschiedlich wie die Sonne und der Mond. Ein Punkt, der uns auseinander bringt, ist das Thema Schlager. Vor vielen Jahren hatte meine Mutter noch auf dem Kassettenrecorder Schlager aus Deutschland im Hof abgespielt. Costa Cordalis, Rex Gildo, Roy Black und Heino, nicht zu vergessen. Kostas versteht zwar außer „Guten Appetit", „gute Nacht" und „Prost" die deutsche Sprache nicht, aber wie man so schön sagt, Musik ist international. Jeder der mich näher kennt weiß, dass man mich mit Schlagern foltern kann. Ich bin absolut schmerzfrei, wenn einer sagt, er findet, dass Helene Fischer oder die Gruppe Pur Koryphäen des Musikhimmels sind. Mich nervt diese Musik nur, aber wie sagte auch früher meine Großmutter Olga: „Jedem das Seine."
Diesen Sommer nun, Kostas hatte soeben seine Nachmittagstasse Schokolade getrunken, fragte er mich nach meiner Meinung zum aktuellen Sommerhit. Ich sah ihn fragend an und er erinnerte mich an eine Diskussion im letzten oder vorletzten Jahr, als ich anscheinend etwas abwertend die Sommerhits der vergangenen Jahre kritisiert hatte. Ganz ehrlich, ich konnte mich wirklich nicht erinnern. Kostas jedoch umso mehr.
Er sagte: „Du hast damals einige Hits regelrecht runter gemacht, erinnerst Du dich noch?" So langsam dämmerte es mir. Wenn man sich nur an folgende Sommerhits erinnert, bekommt man es noch einmal mit der Angst zu tun:
Who let the dogs out? Who, who, who, who! von Anslem Douglas. Da fragt man sich doch zu Recht,

wer besser bellen kann, der Sänger oder Nachbars Hund, der mich oft um drei Uhr morgens nervt.
Kann sich jemand noch an den Ketchup-Song erinnern? Halb englisch, halb spanisch, halb Gelaber. Die vier Schwestern, die ihn damals sangen, sind heute längst vergessen und verkaufen heute, ich könnte es mir gut vorstellen, möglicherweise Ketchup- Tütchen für 15 Cent bei McDonalds.
Dann ist da noch dieser Spanischlehrer Enrique Iglesias: In einem Sommer lehrte er uns "Bailamos." Da lobe ich mir doch seinen Vater, der wenigstens außer Singen noch Fußballspielen konnte.
Erinnert sich irgendeiner an den Mann, der Tennissocken mit Sandalen trug? Ein dunkelhäutiger Münchner trällerte den Mambo Nr.5 und zählte Frauennamen auf, die er wahrscheinlich als Klassenkameradinnen hatte, oder er las die Besetzungsliste der Gogo- Girls einer Münchner Baseball- Mannschaft vor.
Dann, oh mein Gott, ich hätte es fast schon vergessen, ein Sommerhit auf moldauisch mit rumänischen Zwischentexten: „Dragostea din tei." Man konnte nur Wortfetzen verstehen, vielleicht war das auch der Erfolg.
Auch die Griechen haben solche Sommerhits. In diesem Jahr ist „Thes Pastitsio" hochaktuell, in dem der gut aussehende Sänger von einem Nudelgericht schwärmt.
Kostas grinste verschmitzt und sagte: „Lieber Gott, wir haben doch nur ein Leben, danke dass ich das als Grieche leben darf". Und dann begann er zu singen:
Vierundfünfzig , Vierundsiebzig, Neunzig, Zweitausendzehn,
Ja so stimmen wir alle ein,
Mit dem Herz in der Hand und der Leidenschaft im Bein
Werden wir Weltmeister sein.

.... Anogia Die Erste

Anogia ist nicht nur durch Künstlerfamilien wie Xilouris und Skoulas berühmt. Anogia ist das Dorf, das sich noch nie gebeugt hat, sei es während der Türkenbesatzung oder im zweiten Weltkrieg. Nicht zu vergessen ist die Tatsache, dass Anogia mit ca. 100.000 Schafen und Ziegen ein Zentrum der Viehwirtschaft ist.
Einmal im Jahr besuchen wir Anogia, um den Flair dieses Dorfes mit der herrlichen Bergluft einzuatmen und das Wort Freiheit in allen seinen Facetten zu empfinden.
Es war Nachmittag, als wir das Oberdorf erreichten. Wir parkten vor der Kirche des heiligen Ioannis und machten uns zu Fuß auf den Weg Richtung Unterdorf, wo wir in den letzten Jahren einige schöne Erinnerungen gesammelt hatten. Um die lang ausgedehnte Straße, die zum Unterdorf führt, zu umgehen, gingen wir einen mit Stufen versehenen Weg als Abkürzung. Links und rechts saßen auf Mäuerchen oder Schemeln ältere Damen. Beim Anblick der ersten erschrak ich kurz, da sie das berühmte Gesicht eines noch berühmteren Feuermelders hatte. Wir sagten „Herete“, und da wendete sich das Blatt. Das mürrische, brummige, grantige Gesicht wurde zur hellen Sonne. Sie strahlte über alle vier Backen und entblößte ihre zwei noch verbliebenen Zähne und wir spürten eine Freundlichkeit, die nicht beschrieben werden kann, eine Wärme, die ihresgleichen sucht. Sie fragte, woher wir kommen und wohin wir wollen. Sie lachte uns so an, dass ihre zwei Zähne, die zum Vorschein kamen, in mir die Frage aufwarfen, wann diese Frau zum letzten Mal kraftvoll in einen Apfel reingebissen hatte. Später erfuhren wir, dass sie Anastasoula heißt. Automatisch beginnt dann das Kopfkino zu laufen und man fragt sich, was sie mit diesen zwei

Zähnen noch alles anfangen kann, so Gedankenspiele kamen auf wie… Löcher in die Milchdose einstechen oder die Anordnung der Zähne zu benutzen, um eine Bierflasche zu öffnen. Entschuldige, liebe Frau Anastasoula, wenn Du das, was ich hier schreibe, irgendwann einmal lesen solltest, dann glaube mir, ich schreibe diese Worte voller Respekt und Zuneigung.
Sie erzählte uns von ihrer Tochter, die in Chania wohnt und die einen Manolis, der Taxifahrer ist, geheiratet hat. Ihre jüngere Tochter Maria ist mit dem Bäckersohn Nikos in Rethymnon verheiratet. Ihr Mann ist vor über fünfzehn Jahren bei einem Autounfall gestorben und sie hatte sich noch nie weit weg von Anogia begeben. Einmal war sie im Nachbardorf Axos, das zwölf Kilometer entfernt ist. Sie sei in Anogia geboren und in Anogia möchte sie auch begraben werden.
Wir verabschiedeten uns und gingen weiter, das Lächeln von Frau Anastasoula stets vor unseren Augen. Wir gingen weiter mit ihrem Segen, gesund zu bleiben und einen guten Weg vor uns zu haben. Kostas sagte später: Lieber Gott, wir haben doch nur ein Leben, danke dass ich das als Grieche leben darf und die Leute in Anogia sind wahre Griechen.

Anogia

.... Anogia Die Zweite

Immer noch voller Glücksgefühle durch die Begegnung mit Frau Anastasoula spazierten wir vom Ober- zum Unterdorf. Manche Häuser waren bemalt, einige mit Figuren, auf anderen waren Mantinades zu sehen, die man auch „die gedichtete Seele Kretas" nennt. Es sind Reimpaare, die auf der Insel Kreta in Begleitung der kretischen Lyra und des kretischen Laouto gesungen werden. Das Wort stammt aus der Venezianischen und bedeutet „Morgenlied".
Ein Stimmenwirrwarr schlug uns entgegen, das immer lauter wurde, und der Geruch vom gebratenen Fleisch wurde immer intensiver. Wir sind im Oberdorf bereits vorgewarnt worden, dass wir nicht durch das Unterdorf fahren können, da eine Hochzeitsfeier stattfindet. Aber was für eine Feier. 2500 Gäste wurden erwartet und nur noch wenige Schritte trennten uns von einem gewaltigen Anblick. Ich zählte zwei Reihen mit 50 Liter fassenden Kochtöpfen. Mindestens zwanzig Menschen, männlich wie weiblich, wuselten um uns herum. 150 geschlachtete Lämmer und Ziegen, eine Unmenge von Dolmades, Pommes, Krautsalat, Tomaten, Paprika, Zwiebeln und, und, und, vor unseren Augen...
Vor dem Haus des vielleicht berühmtesten Sohnes des Dorfes, Nikos Xilouris, waren Tische und Bänke feierlich geschmückt. Alle grüßten und lächelten uns zu. Wir erfuhren, dass in Anogia jährlich 45 Trauungen stattfinden, niemand verschickt Einladungen, es versteht sich, dass das ganze Dorf erwartet wird und dazu noch jeder, der sich an diesem Tag zufällig im Dorf befindet. In gut einer Stunde, gegen 20:00 Uhr, sollte die Hochzeitsfeier beginnen. Von überall schwärmten die Leute herbei. Männer fast ausschließlich in schwarzen Hosen und schwarzem Hemd und ihre Herzensdamen in üppig

ausgeschnittenen Abendkleidern. Die meisten Frauen trugen hochhackige Schuhe, die das Laufen nicht unbedingt erleichterten. Viele kamen daher wie eine Gans im Watschelgang.
Ein Hupkonzert brachte danach alle zum Schweigen, und das mit allen Blumen, die in der Berglandschaft zu finden waren, geschmückte Brautauto fuhr vor, die Braut stieg links und der Bräutigam rechts aus. Ich gebe es zu, dass ich mich als Kleinkind in der Gruselbahn auf dem Volksfest auch erschreckt habe. Dieser Schreck war jedoch nichts gegen den beim Anblick der Braut. Vielleicht ist sie steinreich, versuchte ich den Grund zu finden, sich so eine Braut anzulachen. Wenn ich mich spontan entscheiden müsste, würde ich sagen, sie ist eine Zucht zwischen einer Vampirfledermaus und einem Iltis. Aber wie sagt man zu Recht so schön: „Liebe macht blind“, und so lächelte ich der Braut wie alle anderen um mich herum zu und stimmte mit ein: „Lang sollt ihr leben!“
Das Fest wird unvergessen bleiben, vor allem das leckere Essen, und wir waren uns einig, dass der Weg nach Anogia sich immer lohnt.
Kostas sagte später zu mir: „Sag mal, wieviel Hektoliter kretischen Raki braucht jemand, um diese Braut schön zu trinken“, und fuhrt fort: „Gott, wir haben doch nur ein Leben, danke dass ich das als Grieche leben darf.“

Vorbereitung auf die Hochzeit

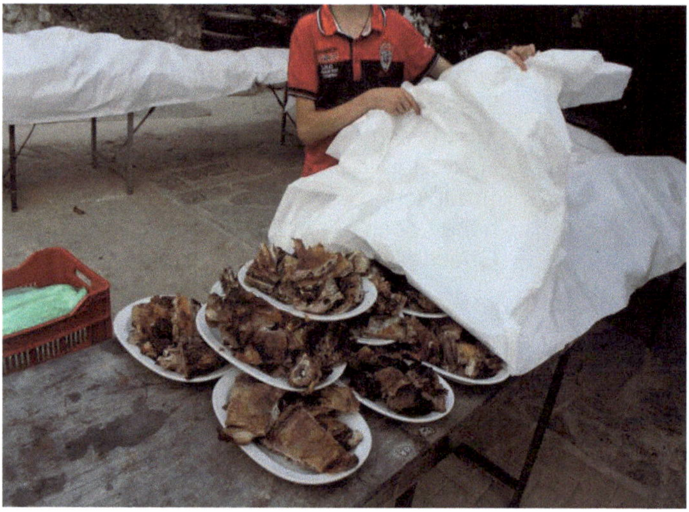

Anogia

..........Drei Stühle oder die Wanderstiefel

Einmal hat Reinhard Mey mit seinem Lied „Drei Stühle“ versucht, ein kleines bisschen vom griechischen Lebensgefühl zu vermitteln. Wer war nicht schon in einer Taverne oder in einem Café in Griechenland und hat sich über all die Einheimischen gewundert, die tatsächlich drei Stühle brauchen. Reinhard Mey drückt sich so aus:

Ein alter Fernseher flackert schwarzweiß.
Die Männer sitzen verstreut im Kreis
Und immer in diesem Gebilde aus drei Stühl'n:
Einen, da stehn die Füße drauf,
Einen, da lehnt der Arm sich auf,
Den dritten, zum drauf Sitzen, um sich im Gleichgewicht zu fühl'n.

Ortswechsel: Staatstheater Stuttgart. Auf dem Spielplan Richard Wagner: Der fliegende Holländer. Gott sei Dank ist es heute so, dass, wenn man in ein Konzert oder in die Oper geht, die Kleiderordnung keine so große Rolle spielt. Kleider machen bekanntlich Leute, aber da sind wir uns ja schließlich auch einig, nur äußerlich. Es versteht sich, jedenfalls nach meiner Auffassung, dass man, wenn man ausgeht, nicht unbedingt mit dem Schlafanzug eine Veranstaltung besucht.

Doch ich schweife ab. Also Staatstheater und Wagner. Wir sitzen in der zweiten Reihe mittig und kurz vor Vorstellungsbeginn werden die zwei noch freien Plätze vor uns von zwei Damen jüngeren Alters besetzt. Nichts Ungewöhnliches, ungewöhnlich nur die Tatsache, dass während des kompletten ersten Aktes die eine dieser besagten Damen ihre Füße auf dem Geländer vor ihr direkt neben dem Kopf des Dirigenten platzierte. Die Wanderstiefel, die sie anhatte, hatten sichtlich eine anstrengende Wanderung durch mehrere Schlammpfützen durchlebt. Was die Frau vor ihrem Theaterbesuch gemacht hatte, interessiert mich

nicht, aber in der Oper, erste Reihe und die Füße auf der Balustrade, das ist mutig.
Da fiel mir die Situation ein, als wir in Heraklion beim Löwenbrunnen Loukoumades in einem Café zu uns genommen hatten und ein deutsch sprechendes Paar mit hörbarem Wiener Akzent sich über diese Gäste lustig machten, die zu zweit sechs Stühle besetzten.
Reinhard Mey fährt fort:
Blau weißes Tischtuch, frisches Brot,
Leise tuckerndes Fischerboot,
Ein Teller Apfelscheiben und ein Becher Wein.
Vielleicht bleib' ich irgendwann hier –
Jedenfalls arbeit' ich schon an mir,
Um auch mit nur drei Stühlen zufrieden zu sein!

Kostas, dem ich über unseren Opernbesuch und die Eindrücke erzählte, meinte: „Hoffentlich hatte die Frau wenigstens frische Socken an oder ist der Dirigent in Ohnmacht gefallen?"
Er beendete unser Telefonat wie üblich mit: „Lieber Gott, wir haben doch nur ein Leben, danke dass ich das als Grieche leben darf."

..................Carl-Olaf, der Marvin heißt

Queen Esther Marrow ist auf Abschiedstournee. Diese legendäre Ikone des Gospels will mit knapp 76 Jahren etwas ruhiger treten und es versteht sich, dass wenn schon mal die Queen in der Nähe ist, wir die Audienz wahrnehmen. Die Liederhalle in Stuttgart war ordentlich besucht und die Vorfreude war groß auf diese Show. Sechs grandiose Musiker und sechs Sängerinnen und Sänger begleiteten die große Dame des Gospels. Die Show war keine zehn Minuten alt, als ich irgendetwas merkwürdig fand.

Gerade sang ein wunderbarer Bass- Bariton und ich schubste meine Frau:
„Du, das ist Carl-Olaf!“
„Quatsch“
„Schau mal doch genauer hin, das ist Carl-Olaf“
„Was ist mit Dir los?“
Meine Frau sah aus, wie wenn ich sie nerven würde. Währenddessen sang Carl-Olaf „We Shall Behold Him“ und danach “He Looked Beyond My Fault”.
„Ich wusste ja gar nicht, dass Carl-Olaf so gut singen kann“, sagte ich.
„Jetzt hör doch mal auf!“
Sie stimmte in den Gesang einer weiteren Begleiterin von Queen Esther Marrow ein, die „Amazing Grace“ und „Down at the Cross“ sang. Inzwischen war ich total von der Ausstrahlung und dem Gesang von Carl-Olaf begeistert. In der Pause sagte ich zu meiner Frau:
„Du kannst sagen was Du willst, alle sind super, aber Carl-Olaf ist doch die Krönung.“
Sie musterte mich von oben bis unten, so wie sie schaut, kurz bevor sie in eine Lachsalve ausbricht.
„Sag mal, was hast Du den ganzen Abend mit Carl-Olaf?“
„Nichts, ich bin nur begeistert. Wir kennen ihn jetzt schon so lange und ich wusste gar nicht, dass er eine richtige Rampensau ist.“
Ihr Blick wurde eindringlicher, aber sie schwieg.
Kurz bevor diese wunderbare Show endete, stellte Queen Esther die Musiker und Sänger vor und siehe da, Carl-Olaf heißt nicht Carl-Olaf sondern Marvin.
Während alle applaudierten, sagte ich:
„Sicherlich ist das sein Künstlername.“
Meine Frau fauchte:
„Siehst Du es denn nicht, Marvin Lowe ist ein Farbiger und Carl-Olaf ein waschechter Badener und weiß.“
Ich antwortete:
„Seit wann bist Du rassistisch, das kenne ich noch gar nicht von Dir.“

Schlussendlich und nachdem Kostas auch der Meinung war, dass der Sänger bei den Harlem Gospel Singers nicht Carl-Olaf sein konnte, akzeptierte ich es.
Trotzdem werde ich das nächste Mal, wenn ich Carl-Olaf sehe, ihn bitten, eine Melodie anzustimmen.
Kostas jedoch sagte: Lieber Gott, wir haben doch nur ein Leben, danke dass ich das als Grieche leben darf.

Teig für Tarte

- 2 Tassen Mehl
- 120-150 g Butter oder Margarine
- 1 Ei oder 2 Eidotter
- Salz
- Butter und Mehl für die Form

Mehl in eine Schüssel sieben, in der Mitte eine Mulde bilden. Butter oder Margarine in kleine Stücke schneiden, Eier und Salz dazugeben und das ganze mit den Händen kneten.
Bei Bedarf etwas kaltes Wasser hinzufügen. Eine Kugel formen und in einer Plastikschüssel mindestens 30 Minuten in den Kühlschrank stellen.
Danach mit Mehl bestäuben und mit einem Nudelholz zur Platte in der Größe der Tarte-Form ausrollen (auch den Rand beachten).
Den Teig in der Form mit einer Gabel einstechen.
Soll der Teig ohne Füllung gebacken werden, bei 180 Grad blindbacken (trockene Erbsen, Bohnen, etc. zum Backen darauf geben).
Backzeit: 10-12 Minuten
Der Teig kann auch portionsweise eingefroren werden zur späteren Verwendung.
Will man eine süße Füllung darauf tun, noch 5-6 EL Zucker in den Teig geben.

Lauchtarte
Tarta me prasa
4 Portionen

- Teig siehe Tarte-Rezept
- 2-3 Lauchstangen (nur das weiße)
- 1-2 Zwiebel
- Petersilie oder Dill, klein gehackt
- Olivenöl,
- Salz, frisch gemahlenen Pfeffer
- 1 Tasse Milch
- 2 EL Mehl
- 2 EL Butter
- 2 Eier
- 1 Tasse geriebener Käse (Graviera)

Teig in die Tarte-Form geben.
Lauch und Zwiebel putzen und in Ringe schneiden. Kurze Zeit in einer Pfanne mit Olivenöl glasig dünsten. Petersilie oder Dill dazugeben, salzen, pfeffern und warten, bis es abgekühlt ist.
In einem Topf Butter erhitzen, Mehl dazugeben, mit einem Schneebesen gut verrühren, bis das Mehl keine Klumpen mehr hat. Danach Milch hinzufügen, bei mittlerer Hitze untere ständigem Rühren mehrmals aufkochen lassen, bis sich eine Creme bildet.
Von der Herdplatte nehmen, Salz und Pfeffer und den geriebenen Käse dazugeben. Mit einer Gabel die Eier verquirlen, in die Creme gießen und umrühren.
Zum Schluss das Gemüse in die Creme geben und umrühren.
Die Masse auf den Teig geben und bei 180 Grad 35-40 Minuten backen.
Nach dem Backen die Tarte auf einen großen Teller kippen und in 8 gleich große Stücke schneiden.

................Parken und Einbahnstraßen

Die berühmte Nadel im Heuhaufen zu finden ist sicherlich einfacher als einen Parkplatz in Heraklion an einem Dienstag, Donnerstag oder Freitag. Der Grund ist darin zu finden, dass die Geschäfte an diesen Tagen von morgens 9:00 Uhr bis abends 21:00 Uhr geöffnet haben. Was also tun? Da gibt es nur die Möglichkeit, eines der vielen Parkplätze oder Parkhäuser anzusteuern, die natürlich nicht kostenfrei sind. Bislang hatte ich es vermieden, letztes Jahr jedoch, an zwei Wochen im Juli, musste ich mich beugen. €56. — kostet ein Stellplatz für zwei Wochen in einem unterirdischen dreistöckigen Parkhaus in der Innenstadt, keine zwei Minuten von unserer Wohnung entfernt.
Das zweite Phänomen, das jetzt kommt, sind die Einbahnstraßen. In Heraklion gibt es Unmengen von Einbahnstraßen, die entsprechend auch mit Schildern gekennzeichnet sind. Das ist das Gute. Das weniger Gute ist, das sich niemand daran hält. Holzauge sei wachsam heißt es, und aufpassen, aufpassen, aufpassen.
Wenn man der Meinung ist, man müsste seine mitteleuropäischen Maßstäbe zugrunde legen, hat man verloren.
Unser Freund Michalis, den alle nur Mike nennen, hatte viele Jahre beim US- Stützpunkt gearbeitet und war sehr oft in den USA, aber auch in Europa.
Mike also erzählte uns, als wir im Marina Café nahe dem Koules saßen und einen Kaffee tranken, folgendes:
Eine Frau überquerte mit ihrem Auto die Kreuzung und ignorierte die rote Ampel. Wie durch einen Zufall hielt sie ein Polizist an.
„Sagen Sie mal gute Frau, haben Sie nicht gesehen, dass die Ampel auf Rot stand?“
„Oh“, sagte sie „ die Ampel habe ich gesehen, nur Dich nicht!“

Kostas hat wie immer den passenden Spruch: Lieber Gott, wir haben doch nur ein Leben, danke dass ich das als Grieche leben darf.

……………….Wilhelm und Sawas

Der Schumacher Wilhelm Voigt wurde im Februar 1849 geboren. Mit 14 musste er schon wegen Diebstahls in Haft, sein größter Coup jedoch…

In verschiedenen Trödler-Läden suchte er sich Teile der Uniform eines Hauptmanns des preußischen Regiments zusammen.
In dieser Verkleidung hielt er am 16. Oktober 1906 im Westen Berlins mittags zur Zeit des Wachwechsels auf der Straße eine Gruppe von Soldaten an, ließ noch eine zweite Gruppe herbeirufen und unterstellte zehn Mann unter Hinweis auf eine nicht existierende Kabinettsorder „auf allerhöchsten Befehl" seinem Kommando. Mit ihnen fuhr er mit der Stadtbahn nach Köpenick. Bei einem Zwischenhalt gab er den Männern Bier aus. Nach der Ankunft in Köpenick übergab er jedem Soldaten eine Mark und ließ sie auf dem Bahnhof zu Mittag essen. Anschließend erklärte er ihnen, er werde den Bürgermeister verhaften. Sie marschierten dann zum Rathaus der damals noch selbstständigen Stadt. Mit seiner Truppe besetzte Voigt das Gebäude. Sodann verhaftete er im Namen Seiner Majestät den Oberstadtsekretär und den Bürgermeister und ließ sie in ihren Dienstzimmern bewachen. Im Rathaus anwesenden Beamten der Gendarmerie gab er den Befehl, die Stellung zu halten und wachsam zu sein.
Den Kämmerer wies er an, einen Rechnungsabschluss zu machen und erklärte ihm, den Bestand der Stadtkasse beschlagnahmen zu müssen.

Nachdem das Geld, das in Teilen beim örtlichen Postamt abgehoben und herbeigeholt werden musste, abgezählt war, ließ er sich Transportbeutel bringen.
Der „beschlagnahmte“ Barbestand belief sich auf 3557,45 Mark (kaufkraftbereinigt in heutiger Währung: rund 22.000 Euro). Eine vom Kämmerer erbetene Quittung unterschrieb Voigt mit dem Nachnamen seines letzten Gefängnisdirektors.
Vielen von uns ist diese Geschichte bekannt, die Carl Zuckmayer als Theaterstück adaptierte. Aus den über zwölf Verfilmungen ist sicherlich die am bekanntesten die aus dem Jahre 1956 von Helmut Käutner mit Heinz Rühmann in der Titelrolle.
Ein Déjà-vu erlebten wir, als wir Sawas nach längerer Zeit wieder sahen. Sawas, ein netter lieber Zeitgenosse, ist niemals zu faul, eine Tätigkeit anzunehmen. Letztes Jahr war er Gehilfe in einer Küche, wusch Teller ab und durfte sogar ab und zu einige Salatblätter säubern. Ich kann mich noch sehr genau daran erinnern, wie er einmal erzählte, dass er nicht einmal Nudeln mit Soße machen könnte und er seinen Lebensgefährten anrief, was er mit dem Tomatenmark anstellen soll. Dieser Sawas nun trug plötzlich eine Kochuniform, der Hauptmann von Köpenick würde stolz darauf sein, und auf der Kochjacke befand sich das Emblem einer renommierten Kochschule in Athen.
Bei uns in Deutschland ist der Weg zum Chefkoch etwas anstrengender. Alles beginnt mit einer Kochausbildung, die staatlich geregelt ist und alle Facetten des Berufs umfasst. Und dann heißt es Kochen, Kochen, Kochen. Je mehr Praxiserfahrung man hat desto besser, und das Talent für Geschmack und Kreationen muss auch unter Beweis gestellt werden. Eine Restaurantküche ist im Allgemeinen in verschiedene Bereiche - wie Soßen, Patisserie, Grill etc. unterteilt. In jeder Abteilung sollte man einige Zeit arbeiten. Als Chef de Partie kannst du dann zunächst einen Teilbereich

verantworten, bevor du bei richtigem Engagement zum Sous Chef und danach zum Chefkoch aufsteigen kannst. Die organisatorische Seite des Chefkochpostens sollte auch nicht unterschätzt werden. Sawas jedoch hat eine Schule von innen sicherlich nicht gesehen geschweige denn jemals eine Kochlehre absolviert. Sawas rief lediglich bei der Kochschule an, sagte, dass seine alte Jacke entsorgt werden muss und bat um ein neues aktuelles Emblem, das ihm sogar kostenlos zugesandt wurde. Somit ist Sawas jetzt offiziell Chefkoch. Hat jemand eigentlich die Original-Meisterbriefe von Francois Pierre de La Varenne, Antoine Beauvilliers, Marie Antonin Carême und Paul Bocuse jemals gesehen? Kostas hat wie immer den passenden Spruch: Lieber Gott, wir haben doch nur ein Leben, danke dass ich es als Grieche leben darf.

..........9 Jahre Wartezeit

Auf Kreta werden seit einigen Jahren intensive Maßnahmen zum Umweltschutz getroffen. Seit Ende der 1990er Jahre ist beispielsweise eine der modernsten biologischen Kläranlagen in Betrieb, so dass die Abwässer nicht ungeklärt ins Meer geleitet werden und damit eine saubere Meerwasserqualität gewährleistet wird. Täglich fährt die Straßenreinigung durch die Städte und viele Mitarbeiter sind auch zu Fuß unterwegs, um die Insel sauber zu halten. Die Müllabfuhr leert täglich in jeder Nacht zwischen 23 und 4 Uhr sämtliche Mülltonnen, deren Inhalt in einer Müllverbrennungsanlage zur zusätzlichen Stromgewinnung entsorgt wird. Seit 2004 ist das modernste Recycling-System Griechenlands in Betrieb. Die Abfälle werden, wie in anderen europäischen Ländern auch, sortiert, zerkleinert und der Wiederverwertung zugeführt. Mein Freund Vassilis ist gelernter Maurer. Seit seiner Erwerbslosigkeit vor neun Jahren hielt er sich mit Aushilfsarbeiten über Wasser - da mal eine Wand verputzen oder dort mal einen Balkon befestigen. Das brachte mal zwei Kilo Nudeln oder einmal sogar ein ganzes Hähnchen als Entlohnung. In seiner Freizeit, die er genügend hatte, engagierte er, der selbst nichts hatte, sich für noch ärmere Menschen, die zum Teil in Wellblechhütten hausen. Als er seinerzeit arbeitslos wurde war für ihn klar, dass er sehr bald wieder etwas finden würde, er hat doch ein Leben lang gearbeitet. Er bewarb sich überall, wo es eine Möglichkeit gab, sich zu bewerben, unter anderem auch bei der Gemeinde Heraklion für die Städtische Müllabfuhr. Eines Tages, es war Anfang März diesen Jahres, rief ich bei Stella, seiner Ehefrau an, um mich nach dem Befinden zu erkundigen. Hier muss ich einflechten, dass Stella und Vassilis uns bei der Unterstützung der Bedürftigen vor Ort helfen. Stella war enthusiastisch,

entzückt, euphorisch. Ich fragte sie, was los sei, und sie berichtete, dass Vassilis ein Schreiben erhalten hatte, dass er ab dem 15. März fest bei der Stadt Heraklion angestellt wird und zwar für die Müllabfuhr in der Stadtmitte. Stella fuhr fort, dass es sei, wie wenn Geburtstag, Hochzeitstag und Ostern auf einen Tag fallen würden. „Wir sind so überglücklich", sagte sie. Vassilis sei gerade beim Amt, um die Verträge zu unterschreiben. Dieser Job wird die Garantie sein, dass die vierköpfige Familie etwas mehr Licht in dem Tunnel ihres Lebens sehen wird. Der Job ist die Garantie, dass auch mal ein Stück Fleisch auf den Tisch kommen kann und die Kinder vielleicht eine neue Hose oder ein T-Shirt erhalten. Dreck und Müll kann doch glücklich machen.
Kostas hat wie immer den passenden Spruch: Lieber Gott, wir haben doch nur ein Leben, danke dass ich es als Grieche leben darf.

..............Obama im Rollstuhl

Am 04. August 1961 wurde in Honolulu, Hawaii, ein Mann geboren, der zunächst Rechtsanwalt und dann Junior- Senator von Illinois wurde. Im Jahre 2009 wurde er als erster Afroamerikaner zum Präsidenten der Vereinigten Staaten von Amerika gewählt. Im selben Jahr erhielt er auch den Friedensnobelpreis. Wir haben schnell festgestellt, dass hier von Barack Obama die Rede ist.
Nun, wie komme ich jetzt von der Platia Aristotelous in Thessaloniki, auf der wir uns gerade befanden, auf Barack Obama?
Wir saßen gerade in einem Straßencafé, als wir hinter uns jemanden hörten, der die Leute ansprach und um eine Münze bettelte. Der besagte Mann, Mitte / Ende Zwanzig, saß in einem Rollstuhl, der

bestimmt schon vor zwanzig Jahren bessere Zeiten gesehen hatte. Wir bemerkten, dass er erfolglos bei den anderen Gästen war und sahen ihn auf uns zurollen.
„Hallo Kapitän", sagte er zu mir. „Haben Sie eine Münze für mich?"
Ich grüßte zurück und sagte ihm, dass ich kein Kapitän sei, ich würde nicht einmal schwimmen können und wer er denn sei. „Ich bin Obama", sagte er.
„Wie, Obama? " fragte ich. Er erklärte, dass er Georgios heißen würde, aber alle Obama zu ihm sagen, weil er etwas dunkelhäutiger als andere sei und er Obama auch schätzen würde.
„Dann bist Du aber jetzt kein Präsident mehr", sagte ich.
„Nein, willst Du Trump sein?" erwiderte er.
Ich verneinte und meinte, dass ich am liebsten Niko bleiben wollte.
„Und hat Niko eine Münze für mich?"
Er war so selbstsicher und gar nicht aufdringlich. Wir merkten, dass der wirklich in die Jahre gekommene Rollstuhl Probleme bereitete, da er immer wieder versuchte, seinen Schwerpunkt zu verschieben.
Wir gaben ihm eine Münze, die er ansah und meinte, dass ein Sesamkringel und ein Becher Kaffee jetzt vernichtet werden.
„Danke Trump, danke Frau Trump", sagte er und rollte weiter.
„Mach´s gut Jorgo", rief ich ihm nach.
Er schaute zu uns zurück und rief uns mahnend zu: „Ich heiße Obama!"
Am Folgetag sahen wir Obama wieder, er war an einer Kreuzung in der Innenstadt mit seinem unverkennbaren Rollstuhl. Ein Pope legte ihm einige Cent in die Hand und Jorgos, oh Entschuldigung, Obama, küsste ihm die Hand.
Unsere Blicke trafen sich und er rief uns zu: „Da ist ja mein Nachfolger mit seiner Frau." Er rollte auf uns zu, gab mir einen kleinen Klaps und sagte: „War

doch nur ein Witz, Du bist ja nicht blond und Du siehst auch viel besser als dieser Tycoon aus.“ Als ich am nächsten Tag Kosta anrief, meinte er: Lieber Gott, wir haben doch nur ein Leben, danke dass ich es als Grieche leben darf und Obama jetzt auch.

Tintenfisch (Sepia) mit Reisnudeln (Soupies juvetsi me kritharaki)

6 Personen

- 1 kg Tintenfisch
- ½ Kg Reisnudeln (Kritharaki)
- 1 EL Tomatenmark
- 2 mittelgroße gehackte Zwiebeln
- 2-3 Knoblauchzehen
- Olivenöl
- 1 Prise Zimt
- Salz
- Frisch gemahlener Pfeffer
- Etwas frische Petersilie oder Basilikum

Tintenfisch säubern und waschen, in reichlich Wasser weich kochen. Danach große Teile in kleinere Stücke schneiden.
Den Fischsud aufbewahren.
Reisnudeln in leicht gesalzenes Wasser geben, nach Angaben des Herstellers kochen.
Öl erhitzen in einer Kasserolle und Zwiebeln anschwitzen.
Tomatenmark im Fischsud auflösen, danach zu den Zwiebeln geben.
Zimt, Pfeffer und Tintenfisch zufügen und alles zusammen für 15 Minuten köcheln lassen.
Danach mit den Reisnudeln in eine Auflaufform geben und bei 200 Grad ca. ½ Stunde im Backofen backen, bis die Flüssigkeit verdampft ist.

Schweinefleisch mit Kichererbsen

6 Personen

- 1 Kg Schweinefleisch
- 500 gr. Kichererbsen
- ½ Tasse Olivenöl
- 2 kleingeschnittene Zwiebeln
- 500 gr. kleingeschnittene Tomaten
- Salz / Pfeffer

Das kleingeschnittene Fleisch in einem Topf mit Zwiebeln in Öl anbräunen. Die Tomaten, Salz, Pfeffer zufügen und 10 bis 15 Minuten kochen lassen.
Die Kichererbsen, die am Vorabend zum Einweichen in ein Wasserbad gelegt wurden, abtropfen lassen und mit den übrigen Zutaten in den Topf geben. Wasser nach Bedarf hinzufügen. Kochen, bis das Gericht gar ist (ca. 75 min).

……. Sozialstudien beim Loukoumades essen

Dass wir in einem Café am Löwenbrunnen sitzen, einen Frappe oder Limonade trinken und ab und zu mal Loukoumades genießen, ist ein uns lieb gewordenes Ritual. Hier ist auch der optimale Platz, um Sozialstudien zu betreiben, da alle Touristengruppen, die nach Heraklion kommen, diesen Platz besuchen. Touristen beobachten ist, seit wir regelmäßig Kreta besuchen, ein Hobby geworden. Einige wenige Besonderheiten sind jedes Mal dabei: Da wäre der Nachttourist, meistens sehr jung, der sich einer Gruppe angeschlossen hat, weil man es halt so tut. Er ist vom Alkoholkonsum der letzten Nacht noch deutlich gezeichnet, und ob er

jetzt gerade in Heraklion oder irgendwo auf dem Ballermann ist, hat er nicht richtig registriert. Er nickt dem Gruppenführer wohlweislich zu und es ist sicher, dass er nichts davon behalten wird. Dann gibt es noch den Beschwerdeführer. Er wird mit Sicherheit in den nächsten Sekunden, während die Gruppe vor dem Löwenbrunnen steht, einen Grund finden, um zu reklamieren, sei es dass die Ausführungen des Reiseleiters nicht laut genug sind oder dass die Sonne ungünstig auf ihn herabscheint. Neben ihm fummelt eine Dame ganz aufgeregt in ihrer Handtasche, peinlich berührt von den Machenschaften ihres Gatten. Der Ignorant ist eine andere Spezies, er hört gerne zu, was der Reiseleiter sagt, beobachtet genau und ist ganz aufmerksam dabei. Er registriert, dass es gerade an dem Platz die besten Loukoumades bzw. Bougatsa der Stadt gibt, bestellt sich trotzdem eine Pizza Hawaii, man geht halt auf Nummer sicher. Der Weltenbummler ist sicherlich ein anderer Typ. Er trägt bei 42 Grad im Schatten einen Norwegerpulli und ist der Meinung, sagen zu müssen, dass das Wasser auf den Balearen doch etwas blauer wäre als im Hafen von Heraklion.
Der Besserwisser ist auch da, er korrigiert den Reiseführer mit der Jahreszahl des Brunnenbaus und weiß, dass die Cousine des Bürgermeisters eine Affäre mit dem Gouverneur hatte. Sicherlich hat er vieles gelesen und behalten. Taktgefühl ist ihm jedoch fremd.
Was in so einer Gruppe nicht fehlen darf, ist der „schwäbische Schotte“, der jede ausgehängte Speisekarte genau prüft und den Literpreis des Bieres exakt notiert, um dann später errechnen zu können, wo ein Gyros mit einem Glas Bier günstig zu erwerben wäre. Meine zwei Lieblings- Spezies sind die „jugendlich aussehende blondierte Nervensäge weit in den Fünfzigern“ und die „ Mutter der Kompanie“. Die erstere hat stets drei oder vier Tragetaschen. Sie lächelt dümmlich in den Tag,

meint, dass ihr das karierte Minikleid steht, obwohl es drei Nummern zu klein und vor allem zu eng ist. Während der Reiseführer erzählt, plappert sie über vergangene und kommende Partys und ist sicher, dass der Golflehrer heute Nachmittag ihr wieder eine Privatstunde geben wird. Die letztere ist diese Art von Tourist, die auch Kosta am besten gefällt. Eine gemütlich aussehende in die Jahre gekommene Glucke mit rosa Hose, rosa Shirt und gelbem Strohhut, die so gerne ihre Eheprobleme diskutiert und natürlich die Süßigkeiten der Konditorei Savoidakis in- und auswendig kennt.
Kostas wagt dann meistens nur zu murmeln: Lieber Gott wir haben doch nur ein Leben, danke dass ich es als Grieche leben darf.

Schweinefleisch mit Blumenkohl

6 Personen

- 1 kg Schweinefleisch
- 1 großer Blumenkohl
- ½ Tasse Öl
- 2 kleingeschnittene Zwiebeln
- 100 ml Weißwein
- 1 EL Tomatenmark oder
- 500 gr. geriebene Tomaten
- Salz / Pfeffer

Das kleingeschnittene Fleisch in einem Topf mit Zwiebeln in Öl anbräunen. Die Tomaten, den Wein, Salz, Pfeffer zufügen und so viel Wasser zugeben, bis das Fleisch bedeckt ist. Danach kochen lassen. Wenn es fast gar ist (nach ca. 75 Minuten) den gewaschenen Blumenkohl, der in Röschen geteilt wurde, zugeben und auf kleiner Stufe kochen lassen, bis der Blumenkohl gar ist. Nicht umrühren, sondern den Topf ab und zu schütteln.

Kaltsounia aus Heraklion

Teig:

- 1 kg Mehl
- 2 Eier
- 4 EL Olivenöl
- 3 EL Zitronensaft
- 1 TL Backpulver
- ½ Tasse Milch
- 1 Tasse Wasser
- 1 TL Salz

Füllung:

- 500 gr Anthotiro
- 500 gr Misithra (unpasteurisierter Weichkäse, einmal die frische und einmal die reife Form)
- 2 Eier
- ½ Tasse Zucker
- 1 EL kleingeschnittene Minze
- 1 EL Zimt

In einer Schüssel das Öl, den Zitronensaft und das Salz vermischen, dann die verquirlten Eier, Wasser und Milch hinzufügen und alles zusammen vermischen.
Dann das mit dem Backpulver vermischte Mehl nach und nach dazugeben und den Teig durchkneten. Kurze Zeit ruhen lassen und in der Zwischenzeit die Füllung vorbereiten. Hierzu alle Zutaten miteinander vermengen.
Den Teig danach ausstechen, runde Scheiben ausrollen und einen Teelöffel der Füllung auf die eine Seite der kleinen Teigscheiben verteilen. Die Teigscheiben zusammen klappen, so dass die Form eines Halbmondes entsteht und mit einer Gabel den Rand eindrücken, damit dieser sich schließt.
Die Kaltsounia werden in reichlich Öl gebacken und mit Honig oder Puderzucker bestreut.

Chersonissos

Koules in Heraklion

Atsipopoulo

…………….. Alles erlaubt

Eines wissen wir schon lange und zwar, dass jemand, der einmal auf Kreta war, sich mit dem Inselvirus infiziert und sehr, sehr schwer davon geheilt werden kann. „Warum denn auch?“ sagte Kostas, als wir bei einem kleinen Imbiss bei Thraka an der Platia Eleftherias saßen. Wir sprachen über die manchmal schon gewöhnungsbedürftigen Angewohnheiten mancher Einheimischer, die uns immer noch ratlos den Kopf schütteln lassen. All dieses ist jedoch im Gegensatz zu manch einer anderen Region absolut harmlos.
An der Costa del Sol in Málaga ist es seit mehreren Jahren strikt verboten, ein Stück vom Strand zu reservieren, sei es mit einem Handtuch oder einem Liegestuhl. Es wird durch einen eigens angestellten Strandpolizisten rigoros entfernt. In Valencia, nicht weit weg, dürfen Fahrräder nur verhüllt mitgenommen werden. Auch Skateboards sind strikt verboten. Etwas östlicher davon in der spanischen Bademetropole Lepe wird ein absichtliches Pinkeln im Meer mit einer Strafe von € 750. —belegt. Kostas fragte mich, wie das kontrolliert werden kann, aber ich hatte keine Antwort parat. In Teneriffa wiederum darf man aus ästhetischen Gründen im Sand keine Burgen oder sonstige Figuren bauen. Drastische Strafen stehen an. Da lobt sich ein Hobbyarchitekt den Nordsee- oder Ostseestrand. Um noch kurz in Spanien zu bleiben: an der Costa Brava sind an vielen Orten Junggesellenpartys, die extreme Auswüchse haben, verboten. Sex am Strand wird drastisch verfolgt und manch eines der frischverliebten Pärchen, das es nicht schnell genug in ein Hotelzimmer geschafft hatte, bekommt die strenge katholische Sitte zu spüren. Die Stadt Benidorm hat im Winter 70 000 Bewohner. Im Sommer werden es bis zu eineinhalb Millionen. Hier ist es strikt verboten, am Strand zu schlafen oder gar

sich dort einzuseifen und zu waschen. Sportarten wie Strandtennis oder dergleichen sind auch nicht erlaubt.
Der dritte kretische Raki wurde vernichtet, als wir uns landkartenmäßig in Richtung Italien bewegten. Wir wissen schon lange, dass in Venedig auf vielen Brücken und Plätzen das Stehenbleiben mittels Schildern untersagt wird. Die Einheimischen sind hier sehr mimosenhaft. In Rom und Florenz werden die meisten Plätze nass gespritzt, damit die Touristen sich nicht niedersetzen. Wer sich auch nur kurz am Trevibrunnen anlehnt, wird von Polizisten höflich aber energisch weggelobt, und ein Baden darin wird mit einer Buße von €500. —belegt. Wenn ich jetzt an die etwas freizügigeren Mitmenschen denke, dann fällt mir ein, dass der Dresscode auch stimmen muss. Theoretisch ist es auch Männern untersagt „oben ohne" in den öffentlichen Parks spazieren zu gehen.
Nach dem nächsten Raki überlegte ich mir, was in Kreta nicht erlaubt ist und ich erinnerte mich an Gabrielle, die von Knossos einen Stein mitgenommen hatte. Sie wurde erwischt und musste sogar in der Polizeiwache übernachten, bis am nächsten Tag ein Archäologe kam und feststellte, dass es ein ganz gewöhnlicher Stein war. Kostas grinste: Lieber Gott wir haben doch nur ein Leben, danke dass ich es als Grieche leben darf.

…………….. Schwitzen was das Zeug hält

Irgendwann muss es gesagt werden. Mein Cousin Kostas ist und bleibt jemand, der, was Allgemeinwissen angeht, gute Chancen hätte, bei einer Gameshow den großen Reibach zu machen. Dass er kein Wort Deutsch kann ist ein kleines Problem, das größere ist, dass er sehr schüchtern ist.

Es war einer dieser heißen Julitage. Wir hatten drei Tage nacheinander gute 45 Grad im Schatten und der Schweiß floss in Strömen. Kostas, der zwar noch nie in Deutschland war, aber vom deutschen Klima träumt, machte eben dieses Schwitzen zum Gesprächsthema.

Er meinte, dass er, als er noch als Elektriker gearbeitet hatte, einen Kollegen hatte, der enorm durch seinen Körpergeruch die Mit-Kollegen belästigte. Schwitzen sei lebensnotwendig, sagen die Ärzte, da durchs Schwitzen ein physiologischer Prozess in Gang kommt, um die Körpertemperatur stabil zu halten. Bei der Verdunstung von Schweiß wird dem Körper Wärme entzogen und das schützt vor Überhitzung. Aber was helfen alle guten Erklärungen, wenn das Gegenüber stinkt?

Ok, ein Deo- Wechsel kann helfen, wenn erstmal eine Grundreinigung vorhanden ist. Aber wir dürfen nicht vergessen, dass diese Produkte inzwischen in Griechenland zu Luxusartikeln geworden sind. Apostolis, der Wirt von „Ola sta karvouna" hat so eine penetrante Ausdünstung, dass seine Frau Kaliopi seit einigen Monaten im Kinderzimmer schläft. Bei Apostolis, so sagte Kostas, handelt es sich um Hyperhidrose, was übersetzt krankhaftes Schwitzen heißen soll.

Im Sommer wissen wir, dass man beim Sport oder sonstiger körperlicher Anstrengung unter den Armen, im Gesicht oder auf dem Rücken schwitzt. Bei manchen Menschen jedoch läuft das Wasser

mitunter wie ein Wasserfall den Körper runter, ein sogenannter Sturzbach voll Schweiß.
Kostas, der mir vieles versucht, bildhaft zu erklären, zeigte gegenüber auf die Nationalbank. „Schau mal dort, die Anzugträger“, sagte er. „Wenn einer von denen krankhaft schwitzen muss, hat er ein großes Problem. Wenn man dann einen Kunden mit Händedruck begrüßt, sollte man dem Gegenüber gleich ein Handtuch geben.“ Meine Frau, die dieses Thema etwas schmierig fand meinte, dass in Deutschland manche Krankenkassen eine Behandlung bezahlen. Die Kosten belaufen sich auf ca. 700. —Euro. Es gibt Injektionen, die die Nerven vorübergehend blockieren. Diese Behandlung sollte alle sechs Monate wiederholt werden.
Um auf Apostolis zurück zu kommen, so hat ihm sein Arzt Yoga-Übungen empfohlen und autogenes Training. Wechselduschen kalt/warm können die Beschwerden lindern. Manche schwören, so sagte Kostas, auf Salbei als Tee zum Trinken. Das schmecke ekelhaft, würde aber irgendwann mal zum Erfolg führen.
Dann hatte Kostas die Idee… Eine Art Waschstraße auf dem Eleftheria- Platz. Ähnlich wie bei einem Auto wird zunächst der Körper durch einen Sensor vermessen. Mit Hilfe eines Förderbandes gelangt man an die Reinigungsbürsten. Vertikal und horizontal versteht sich. Eine Unterboden-konservierung würde zwar angeboten aber bestimmt nicht von vielen angenommen. Danach erfolgt das Trocknen. Ein Gebläse bewegt sich um die Person. Der Betreiber sollte möglichst auch den Wasserdruck beachten. Kostas meinte, dass man einen enormen Gewinn erzielen könnte und wollte am selben Tag beim Rathaus in Heraklion nach einer Genehmigung fragen. „Lieber Gott wir haben doch nur ein Leben, danke dass ich es als Grieche leben darf.“ Sprach’s und wählte die Nummer der Stadtverwaltung.

Gekochte Schnecken
4 Personen

- 500 gr Schnecken
- 2-3 Lorbeerblätter
- 5-6 Pfefferkörner
- ½ Tasse Essig
- Salz, Zitrone

Die Schnecken müssen gründlich gesäubert werden. Dann in einem Topf mit Wasser bedecken und 10 Minuten kochen lassen. Nach dem Abtropfen durchspülen. In einen Topf Salz, Essig, Lorbeerblätter und Pfefferkörner geben und 5-7 Minuten kochen lassen. Danach die Schnecken dazugeben und kochen lassen.

Spinat mit Riesenbohnen
Spanaki me gigantes fournou
6 Personen

- 1 ½ kg Spinat
- 500 g Riesenbohnen
- 1 kl. Stange Lauch
- genug Dill
- 3 frische Zwiebeln
- ½ kg Feta
- 1 kg geschälte Tomaten oder frische Tomaten
- Olivenöl
- Paniermehl
- Salz, Pfeffer

Bohnen über Nacht in Wasser einweichen und am Morgen herausnehmen und abtropfen lassen.

Spinat waschen und in fingerbreite Stücke schneiden. Danach abtropfen lassen, mit etwas Salz bestreuen und mit den Händen leicht ausdrücken. Den Lauch, die Zwiebeln und den Dill schneiden und zum Spinat geben. Den Käse mit den Händen zerbröseln und die Hälfte zum Gemüse geben und gut vermengen. Die Hälfte der Mischung auf ein Tapsi geben, die Bohnen darauf und zum Schluss die restliche Mischung.
Olivenöl darüber träufeln, die zerkleinerten Tomaten mit dem Saft und dem restlichen Käse darüber geben. Zum Schluss salzen und pfeffern und die Semmelbrösel drüberstreuen.
Ca. 1 Std. bei mittlerer Hitze im Backofen garen.

.... mit links

Kosta, seine Frau Eleni, meine Frau und ich mussten zum OTE. Zum Verständnis, es handelt sich hier um die „Organisation der Telekommunikation Griechenlands“ und ist ein ehemals staatliches Telekommunikations-Unternehmen. Seit Mitte 2011 hält der griechische Staat noch 10 % und die Deutsche Telekom 40 % der Anteile. Die unternehmerische Führung liegt bei der Deutschen Telekom.
Das Telefonnetz in Griechenland war in der ersten Hälfte des 20. Jahrhunderts in zahllose private Gesellschaften fragmentiert. Das einzig größere Unternehmen, die 1926 gegründete private A.E.T.E. wurde vom Staat gekauft mit dem Ziel, durch eine Zentralisierung das Angebot zu verbessern. Hierzu wurde am 23. Oktober 1949 die OTE als staatliches Fernmeldeunternehmen gegründet. Wir kamen also dort an und es ging lediglich darum, die

zwar vorhandene aber „tote“ Telefonleitung zu unserer Wohnung wieder aktivieren zu lassen.
Eine freundliche Dame zeigte uns das Büro, das wir gesucht hatten. Der Beamte, ein Nikos Papadakis, saß hinter seinem Schreibtisch, eine E-Zigarette in der Hand, einen Frappe vor sich und den Telefonhörer am Ohr. Er deutete auf zwei Stühle, und da wir zu viert waren, ließen wir den Damen den Vortritt. Nachdem mein doppelter Namensvetter sein Gespräch beendet hatte, nahm er einen kräftigen Zug aus seiner E-Zigarette und schaute fragend in die Runde. Eleni gab ihm den von uns schon vorbereiteten Antrag und der gute Mann, bei diesem Namen musste er einfach gut sein, nahm einen Stift und wollte gegenzeichnen. In diesem Augenblick ertönte Kostas‘ Stimme: „Nein!“ Er sagte es nicht, er brüllte es in den Raum. Klar dass wir alle dumm aus der Wäsche schauten und kurz bevor wir uns überhaupt besonnen hatten, zog Kostas das Formular aus den Händen des Beamten und schob uns aus dem Raum. Ich gebe zu, Kostas ist sehr oft ein Schelm, aber das soeben war absolut neu für mich. Eleni fauchte ihn an, ob er noch normal sei und was dieses Theater zu bedeuten hätte. Kostas, der inzwischen die Ruhe in Person war, meinte: „Habt ihr nicht gesehen, wie er unterschreiben wollte?“ Keiner gab Antwort. „Habt ihr nicht gesehen dass er ein Linkshänder ist?“ Eleni grinste, meine Frau und ich schauten immer noch schockiert. Eleni nahm uns beiseite, wir setzten uns in die Cafeteria vor dem OTE und sie ging noch einmal zurück, um jetzt mit dem unterschriebenen Dokument zurück zu kommen. In der Zwischenzeit versuchte Kostas, uns sein Verhalten zu erklären. Er meinte, dass es Unglück bringen würde, wenn ein Linkshänder einen Vertrag an einem Dienstag unterzeichnet. Warum Dienstag konnte er nicht erklären, Oma Vasso hatte ihm das mal beigebracht. Eleni, die wie gesagt inzwischen wieder da war, fügte hinzu, dass es sehr viele abergläubische Bräuche gäbe, die jedoch heute

keinen Sinn mehr hätten. Kostas wäre jedoch einer aus der „alten Schule“, und somit kann es manchmal zu Irritationen kommen. Wenn ich jedoch darüber nachdenke, weiß ich, dass es bei uns in Mitteleuropa auch Vorurteile gibt, wie z.B. „Der hat zwei linke Hände“ oder „ der ist sicher mit dem linken Fuß aufgestanden.“ Meine Frau, die Latein kann, sagte, das links, „sinistrum“ heißt und das ist gleichzeitig ein Begriff für böse, düster, unheilvoll.
Zuhause angekommen, den OTE Vertrag ordentlich abgeheftet, schaute ich im Internet nach und stellte fest, dass folgende Persönlichkeiten Linkshänder waren oder sind: Heinrich Heine, Peter Paul Rubens, Mark Twain, Ludwig van Beethoven, Amadeus Mozart, Bob Dylan, Charlie Chaplin, Greta Garbo, Mahatma Gandhi, Napoleon Bonaparte, Muhamed Ali, Diego Maradona, Marie Curie, Albert Einstein, Bill Gates, Steve Jobs. Die Liste nahm kein Ende und als Kostas in den Hof kam, rief ich ihm die Namen: Johannes Wolfgang Goethe, Barack Obama, Lady Gaga, Pablo Picasso und Queen Elizabeth II zu.
Kostas grinste und sagte zu meiner Frau: „Sei so lieb und drück mir eine heiße Schokolade, aber mit der rechten Hand.“ Er blinzelte mir zu und fuhr fort: „Lieber Gott wir haben doch nur ein Leben, danke dass ich es als Grieche leben darf.“

Bechamelsoße

- 3 Gläser Milch
- 7 EL Mehl
- 5 EL Butter
- Salz, Pfeffer
- 2 Eier, leicht geschlagen
- Ger. Muskatnuss

In einem Topf die Butter bei mittlerer Hitze zerlassen. Das Mehl mit einem Kochlöffel unterrühren, bis sich die Butter mit dem Mehl vermischt hat. Unter ständigem Rühren die Milch dazu geben, bis es eine homogene Masse gibt (aufpassen, dass sich keine Klumpen bilden). Sobald es aufgekocht ist, Herd auf niedrige Stufe schalten und unter ständigem Rühren weiterköcheln, bis sich eine Creme gebildet hat. Vom Herd nehmen und mit Salz, Pfeffer und Muskat würzen.

Pastitsio

8-10 Personen

- 500 g dicke Makkaroni
- 1 kg Hackfleisch
- 1 Zwiebel
- 1 Gläschen Weißwein
- 4-5 frische Tomaten (klein gehackt)
- 2 EL Butter
- 1 Ei
- 1 Portion Bechamelsoße
- Salz, Pfeffer
- Olivenöl
- Geriebener Käse oder Semmelbrösel
- Geriebene Muskatnuss

Hackfleisch anbraten, dabei mit einem Kochlöffel umrühren. Semmelbrösel dazu geben, anbraten. Mit Wein ablöschen und die Tomaten dazu geben.

Bei kleiner Flamme das Hackfleisch für 15 Minuten köcheln lassen, bis die Flüssigkeit verdampft ist. Erkalten lassen. Das verquirlte Ei darüber geben. Makkaroni al dente abkochen, abtropfen lassen und mit der geschmolzenen Butter übergießen. Bechamelsoße vorbereiten (s.o.) und etwas Muskatnuss dazugeben. Ein Tapsi mit Butter oder Öl einfetten und die Makkaroni einfüllen. Darüber gleichmäßig die Hackfleischsoße geben. Darüber kommt die Bechamelsoße, glatt streichen und etwas Käse darüber streuen.
Bei 200 Grad wird das Pastitsio im Backofen 50 – 60 Minuten gebacken, bis die Oberfläche leicht bräunlich ist.
Vor dem Portionieren erkalten lassen.

.... Kuni und die EU

Wenn man manchmal das Verhältnis mancher EU-Länder zu den anderen sieht, wundert man sich, wie die EU überhaupt noch existiert, dass sie eine Daseinsberechtigung hat und, hier meine subjektive Meinung, auch die einzige Organisation ist, die gemeinschaftlich was erreichen kann. Die Zeit der Barone und Landesherren ist vorbei und ein einziges Land, so reich es auch sein mag, kann allein nicht existieren. Die Tatsache jedoch, dass man nicht partnerschaftlich sondern oft nur egoistisch die eigenen Interessen sieht, braucht man nicht weiter zu diskutieren. Und als wir wieder einmal in unserem Hof in Heraklion über die Schuldenkrise, die Armut und den Hunger diskutierten, meinte Jannis, dass in der Tierwelt auch nicht nur das eigene Interesse und das eigene Wohl im Vordergrund steht. Er berichtete von einer wahren Geschichte, die sich im Zoo von Twycross /England ereignete:

Kuni, eine Bonobo Frau, fing einen Star, der versehentlich gegen eine Glasscheibe des Innengeheges geflogen war. Pflegerin Betty, die Zeuge von Kunis Jagderfolg wurde, forderte sie ausdrücklich auf, den Vogel wieder freizulassen. Darauf brachte diese den unter Schock stehenden, ansonsten unverletzten Vogel ins Außengehege und setzte ihn dort vorsichtig ab. Als der Vogel keine Anstalten machte fortzufliegen, warf sie in vorsichtig in die Luft, woraufhin er zwar kurz flatterte, aber dann wieder regungslos auf dem Boden verharrte. In ihrem Bemühen, den Star zum Fortfliegen zu animieren, kletterte Kuni nun auf den höchsten Baum des Geheges, wo sie sehr vorsichtig und mit beiden Händen die Vogelflügel aufspannte und das Tier in Richtung Gehege- Begrenzung warf. Der Vogel landete jedoch kurz vor der Gehegemauer. Kuni verließ daraufhin den Baum, rannte zum Staren und schützte ihn lange Zeit vor den anderen Bonobos.
Am Abend schaute die Pflegerin auf der Anlage nach dem Vogel, fand ihn aber nicht. Es lagen keinerlei Federn herum. Der Star war vermutlich weggeflogen, nachdem er sich von seinem Schrecken erholt hatte. In der Wildnis wurde immer wieder beobachtet, dass Bonobos Jagd auf kleinere Wirbeltiere machen. Auch Vögel stehen auf ihrem Speisezettel, wenn ein Bonobo sie erwischen kann. Aus Kunis Einsatz zur Rettung des Stars kann man nicht eindeutig auf ihr Mitgefühl für den Vogel schließen. Eher war wohl das enge Verhältnis zu ihrer Pflegerin ausschlaggebend, die deutlich gemacht hatte, dass ihr das Wohlgehen des Vogels am Herzen lag. Verblüffend ist nicht nur Kunis Einfühlungsvermögen für ihre Pflegerin, sondern auch ihr erstaunliches Verständnis für die Bedürfnisse eines Vogels, wie das Erklimmen des höchsten Gehegepunktes und das vorsichtige Aufspannen der Flügel belegen, also

in beiden Fällen das Hineinversetzen in einen anderen, der nicht einmal Artgenosse ist.

Eine kleine Pause entstand, eine sehr schweigsame Pause. Manche fragten sich, warum in Brüssel keine Bonobos das Sagen haben. Jannis musste gehen und Kosta meinte: „Lieber Gott wir haben doch nur ein Leben, danke dass ich es als Grieche leben darf und schenk Kuni viele gesunde und trotz Gefangenschaft glückliche Jahre.“

Foto: Wilhelma Stuttgart

.... Manolis und die kretische Küche - die Erste

Man sollte eine Geschichte nicht mit einem Ich beginnen, Verzeihung bitte, wenn ich das trotzdem tue.
Ich bin zwar in Griechenland geboren und habe kretische Wurzeln, aber das Gen der kretischen Küche ist mir fern geblieben. Aber ich bin ja auch nicht der Maßstab aller Dinge und dementsprechend bin ich sehr gerne bereit, dazu zu lernen. Eines Abends saßen wir zu später Stunde nun in Sofie's Taverne in Malia abseits der Remmidemmi- Meile und tranken das dritte Gläschen kretischen Raki, es könnte auch das siebte sein, und der Wirt Manolis erzählte von seinem Großvater und den Vorzügen der kretischen Küche.
„Weißt Du, " sagte er „ die kretische Küche ist die sauberste und reinste auf der Welt. Wir versuchen hier nicht, die diversen Geschmacksrichtungen zu vermischen, wir mögen es ehrlich. Kümmel soll nach Kümmel schmecken und eine Tomate nach Tomate. Das Gleichgewicht der Geschmäcker ist das einfachste an unserer Küche und auch das, was uns unterscheidet." Er erzählte von einem Gast, der dieser Tage eine Schokolade mit Chiligeschmack gegessen hatte und sagte, dass man bei ihm zuhause in Schweden Popcorn mit Sardellengeschmack kaufen könnte. Manolis prostete uns zu und fuhr fort: „Seht ihr bei uns sehr viele Geschmacksverstärker? Könnt ihr auch nicht, weil es keine gibt. Der Schlüssel des Ganzen heißt Einfachheit. Wir zählen nicht die Tropfen Öl ab, oder habt ihr mal in einem kretischen Haushalt eine Waage gesehen? In Mitteleuropa nimmt man soundso viel Gramm Mehl. Auf Kreta nimmt man ein oder zwei Tassen. Dazu kommt die Tatsache, dass die Phantasie in der Küche nicht fehlen darf. Dann gibt es bei uns auf Kreta in den verschiedenen

Regionen verschiedene Spezialitäten. Und da die Frauen auch immer mit auf dem Feld waren, sind die kretischen Gerichte auch oft sehr schnell in der Vorbereitung.“ Manolis war voll in seinem Element. Die letzten Gäste hatten längst bezahlt und schlummerten in ihren Betten, damit sie am nächsten Tag in der Frühe wieder das Mittelmeer genießen konnten. Wir waren auch dabei zu gehen, als Sofia zwei weitere Karaffen mit Raki brachte. Manolis fuhr fort: „ Wisst ihr, dass es auf Kreta mehr als 35 Millionen Olivenbäume gibt? Und dass Olivenöl das Weihwasser der Küche ist? In die meisten Süßspeisen kommt auf Kreta weder Butter noch Margarine in den Teig, sondern Olivenöl. Und wenn wohl oft gesagt wird, dass man Olivenöl nicht zum Braten verwenden soll, ist es schlicht falsch, weil Olivenöl nicht oxydiert und man es für mindestens fünf Bratvorgänge benutzen kann. Und neulich sagte mir ein Gast, der Ernährungswissenschaftler ist, dass man in Frankreich zum Beispiel im Schnitt pro Kopf 0,7 Liter im Jahr verbraucht, in Kreta jedoch das Fünffache.“ Wir folgten aufmerksam Manolis Worten.
Meine Frau schubste mich kurz und zeigte auf Kosta, der eingenickt war. Als wir jedoch die Gläser noch einmal zum Prosten erhoben, wachte er spontan auf, merkte dass alle Blicke auf ihn gerichtet waren und sagte: „Lieber Gott wir haben doch nur ein Leben, danke dass ich es als Grieche leben darf.“

Agios Deka

Eingelegte Früchte
Glika tou koutaliou

- 1 kg Sauerkirschen
- 1 kg Zucker plus 1 Glas Zucker
- 1 TL Zitronensaft
- das Mark einer Vanilleschote

Die Sauerkirschen mit einem geeigneten Gerät entsteinen, den Saft dabei auffangen. Dann die Kirschen mit dem Saft in einen großen Topf geben und den Zucker darüber schütten. Über Nacht durchziehen lassen, damit sich genug Saft bilden kann.
Die Sauerkirschen mit dem Zucker zum Kochen bringen und dabei das Mark der Vanilleschote zugeben. Solange kochen lassen, bis sich der Saft zu einem Sirup entwickelt hat. Immer mal wieder eine Gelierprobe machen, denn der Sirup darf nicht zu fest werden. Kurz vor Kochende den Zitronensaft zugeben.
Die Kirschen mit dem Sirup in heiß ausgewaschene, aber trockene Gläser füllen. Erst verschließen, wenn der Inhalt erkaltet ist!
Man kann die Kirschen zu Eis servieren, als Erfrischungsgetränk mit Wasser reichen, so wie es die Griechen machen, oder aber auch als Brotaufstrich.

In Sirup eingelegte Trauben

- 500 gr helle Trauben, reif aber noch fest, kernlos
- 300 gr Zucker
- 1 EL Zitronensaft
- eine Messerspitze gemahlene Vanille, oder ein halbes Päckchen Vanillezucker

Den Zucker mit 100ml Wasser in einen Topf geben, gut umrühren und zum Kochen bringen. Köcheln lassen bis der Sirup andickt. Der Sirup ist fertig, wenn der letzte Tropfen, der aus einem in den Sirup getauchten Löffel auf eine saubere Untertasse fällt, nicht zerfließt, sondern wie ein Kügelchen steht.
Den Sirup abkühlen lassen. Die Trauben in den Sirup geben und zum Aufkochen bringen. 10 Minuten lang etwas stärker kochen lassen, dann die Temperatur herunter drehen und auf niedriger Hitze köcheln lassen, bis der Sirup wieder andickt (den Test mit dem Tropfen muss man wieder machen). Am Ende den Zitronensaft und die Vanille in den Topf geben, vorsichtig umrühren, noch 1 Minute lang kochen lassen und vom Herd nehmen.
Heiß einwecken, und den ganzen Winter lang genießen!

…………… Manolis und die kretische Küche - die Zweite

Manolis, der Wirt von Sofie's Taverne, ist ein lieber netter Kerl. Wenn wir jedoch dort sind, heißt es automatisch, dass wir auch wissen, dass wir als letzte das Lokal verlassen werden. Spätes Essen ist uns in Griechenland nicht fremd, und als wir von einem Tagesausflug in Richtung Heraklion zurückfuhren, machten wir - es war sicherlich 22:30 Uhr vorbei - einen Abstecher nach Malia. Zu dieser Uhrzeit ist, wie jeder weiß, der Malia kennt, in den Hauptstraßen die Hölle los. Bei Sofie's Taverne geht es gemütlicher zu, und als wir ankamen, waren lediglich noch drei Tische besetzt. Für Manolis hieß es, dass die Arbeit getan ist, den Rest besorgen seine Frau, seine Tochter und der Sohn, der übrigens ab Mitternacht als Türsteher in einer Disko bis fünf Uhr früh arbeitet.
Manolis, der in Athen zwei Meisterkurse besucht hatte, war sichtlich erfreut uns zu sehen, und nachdem wir gegessen hatten, setzte er sich mit zwei Flaschen Retsina zu uns an den Tisch und war voll motiviert, uns eventuelle Fragen über die kretische Küche zu beantworten. Als wir erzählten, dass bei Knossos die Schlange der wartenden Besucher am Eingang fast einen Kilometer lang war, kam sein Stichwort. Er berichtete, dass sich seit der minoischen Kultur bis heute die Ernährungsgewohnheiten auf Kreta nicht viel verändert hätten. Seit der Zeit gab es nur noch vereinzelte Produkte, die neu dazu kamen. Es gab und gibt Olivenöl, es gab und gibt Getreide, es gab und gibt Wein und es gab und gibt das Meer, um Fische zu fangen. Kostas musste hier seinen Senf dazugeben und sagte, dass die minoischen Händler alle Seewege unter Kontrolle hatten.

Manolis wusste zu berichten, dass die süßsauren Soßen, die heute in der Nouvelle Cuisine aufgetischt werden und fälschlicherweise als von französischer Herkunft gehandelt werden, ihren Ursprung im griechischen Altertum haben. Die kretischen Produkte waren beim römischen Adel sehr beliebt. Vor allem Weine aus Liktos und Sitia. Manolis machte eine Pause und fragte, ob er uns langweilen würde. Wir verneinten und er fuhr fort: „Nach dem Ende des Byzantinischen Reichs wurde Kreta zum Kulturmittelpunkt der orthodoxen Welt. Viele byzantinische Gelehrte ließen sich in Handaka (heute Heraklion) nieder und so kamen auch die Ernährungsgewohnheiten aus Kleinasien und später die der Venezianer auf die Insel. Später wurde Kreta durch die Türken erobert, aber auch in dieser Zeit war die kretische Küche sich treu geblieben. Der Vorzug der kretischen Küche ist, dass sie untrennbar mit dem Einfallsreichtum der heimischen Bevölkerung verbunden ist. Davon lebt sie.
Wieder waren wir die letzten im Lokal. Sofia stieß zu uns, nachdem die Kasse gemacht war, und brachte eine letzte Flasche Retsina und weiteres Obst. Sofia meinte auf mich gemünzt, der ich ein großer Fleischesser bin, dass die orthodoxe Kirche aber den Verzehr von Fleisch ungefähr ein Drittel des Jahres mit einem Verbot belegt hat. Der berühmte französische Historiker Paul Faure schrieb:
„Die Bauern und Palastbewohner waren in der minoischen Kultur ausschließlich Vegetarier und gezwungenermaßen mäßige Esser. Sie wurden entlohnt und ernährten sich mit Getreide wie Weizen oder Gerste, getrocknete Datteln und gesalzenen Oliven. Das wenige Schaf- und Ziegenfleisch durften sie nur an manchen Feiertagen essen."
Kostas hatte wie immer das Schlusswort, bevor wir uns, weit nach drei Uhr, in Richtung Heraklion begaben: „Lieber Gott wir haben doch nur ein Leben, danke dass ich es als Grieche leben darf."

Ein Abend mit Hajo

Er ging noch in die Schule. Gerade mal 18 Jahre war Werner R. als er beschloss, zur deutschen Wehrmacht zu gehen. Gemeinsam mit seinem Cousin Wolfgang S. kam er am 21. Mai 1941 bei einem deutschen Luftangriff auf Kreta ums Leben.

Die griechischen Truppen hatten zuvor auf dem Festland kapituliert, aber zahlreiche Freiwillige aus Kreta kämpften bei dem Ort Maleme im Nordosten Kretas einen erbitterten Kampf gemeinsam mit britischen, australischen und neuseeländischen Soldaten.
Die Fallschirmjäger waren nur mit leichten Waffen ausgerüstet. Bald drohte ihnen die Munition auszugehen. Als Werner R. durch Funksprüche erfuhr, wie es seinem eingekesselten Cousin ging, traf er eine waghalsige und folgenschwere Entscheidung. Er schnappte sich ein Pferd, belud es mit Patronen und ritt los. Wenige hundert Meter vor seinem Ziel traf ihn eine tödliche Kugel. Wolfgang S. starb wenige Stunden später.

Wir trafen Hans-Joachim Lübeck, den Cousin von Werner und Wolfgang, auf dem Soldatenfriedhof in Maleme. Er kommt jedes Jahr zwei Mal hierher, und wie er uns später berichtete, war dieses seine letzte Reise, da er schwer krebskrank war und er nur noch wenige Wochen zu leben hatte. Diese letzten Wochen seines Lebens möchte er hier verweilen. Auf Kreta, das er früher einmal so gehasst hatte, weil in unmittelbarer Nähe und innerhalb weniger Tage über 4000 deutsche, knapp 3800 britische und 4500 griechische junge Männer starben.
Hans Joachim Lübeck kam 1955, zehn Jahre nach Beendigung des zweiten Weltkrieges, zum ersten Mal nach Kreta. Er wollte seinen Cousins die Ehre erweisen. Er legte damals Blumen auf eine unbekannte Grabstätte, weil Werner und Wolfgang erst 1974 auf dem großen Soldatenfriedhof in Maleme identifiziert werden konnten.
Die „Operation Merkur“ war ein Lehrstück irrwitzigen Wahnsinns.
Dieses erzählte er uns, als wir ihn am Abend in Chania nahe der alten Festung in einer Taverne trafen. Am Nachmittag waren wir zufällig ins Gespräch gekommen, als wir wie er den Friedhof in

Maleme besuchten. Als wir am Abend nun zu dieser Taverne kamen, sprach er uns an. „Kommt her, setzt Euch, lasst uns einen Raki trinken."
Er bat uns, ihn Hajo zu nennen, und mit jedem Glas erfuhren wir mehr über ihn und seine Familie. Hajo war noch ein kleiner Junge, als der Krieg begann. Seine Cousins wie auch er stammen aus einer Soldaten-Dynastie. Er war aus dem Rahmen gefallen und hatte Maschinenbau studiert. Man trichterte ihm stets ein, dass seine Cousins für ein höheres Ziel starben, nämlich der Ehrenrettung der Familie. Man lehrte ihn, die Feinde zu hassen, und als er uns kurz darauf das Bild seiner Frau Margarita zeigte, die letztes Jahr verstorben war, berichtete er weiter, dass er Margarita aus Maleme 1955 kennen lernte, als er zum ersten Mal hierher kam. Kein Jahr später bei seinem zweiten Besuch beschlossen sie, zu heiraten. Sie kam mit ihm nach Deutschland und hatte es zunächst sehr schwer, von der Familie akzeptiert zu werden. Einige Jahre später, als die Zwillinge Jannis und Georg geboren wurden, schmolz das Eis und man begann, sie zu akzeptieren. „Wir haben ein sehr schönes und glückliches Leben geführt", erzählte uns Hajo. „Die Jungs haben inzwischen jeder seine eigene Familie. Jetzt wo Margarita auch nicht mehr da ist und meine Zeit sehr bemessen ist, will ich meine letzten Tage hier verbringen, an dem Ort, an dem ich zum ersten Mal voller Wut und Hass ankam, wo ich meine Liebe und mein Glück fand und wo ich begriff, mit dem Herzen zu denken."
Hajo berichtete, dass er vor vielen, vielen Jahren schon gespürt hatte, was 2200 vor Christi Geburt seinen Ursprung fand. Das Lebensgefühl der Kreter wurde sehr oft zerstört aber auch genauso oft wieder aufgebaut. Kreta erlebte oft einen Zusammenbruch, aber noch öfter einen Wiederaufbau.
Wir sprachen lang und als das Gespräch auf Kosta kam und wir Hajo erzählten, dass Kostas stets seinen Spruch: „Lieber Gott wir haben nur ein Leben,

danke dass ich es als Grieche leben darf“ auf den Lippen hat, lächelte er, küsste das Bild seiner Margarita und meinte: „Ein weiser Mann, der Kostas.“

Maleme

Kretahilfe

Verein für
humanitäre Hilfe in Kreta e.V.

Herzlichen Dank für die freundliche Unterstützung:

ELIA – Gutes aus Kreta
https://gutesvonkreta.de/

Maria Sotiropoulou
Verein für Handarbeit und Kunst
Heraklion Kreta

Thraka tis Platias
Platia Elefterias, Heraklion, Kreta

Ligo Krasi, ligo Thalassa
Marineli kai Mitsotaki
Heraklion Kreta

Oti thes
Leof. Plastira 85 Heraklion Kreta
Heraklion Kreta

ELIÁ

..Λίγο κρασί...
..Λίγο θάλασσα...!
Ουζερί-Ταβέρνα
Ξυλούρης Ν. - Δοκιμάκης Μ.
Μαρινέλη & Μητσοτάκη (Λιμάνι)
Ηράκλειο Κρήτης
Τηλ.: 2810 300501

Η Θράκα
της πλατείας
Taste me
only in Thraka!

Ό,τι θές...
Grill - Cafe

Bisher erschienene Bücher der Kretahilfe e.V.

Kreta ist die größte griechische Insel und mit 1.066 Kilometern Küstenlinie die fünftgrößte Insel im Mittelmeer. Die Region Kreta umfasst 8.336 Quadratkilometer und schließt einige umliegende Inseln mit ein, von denen die vor der kretischen Südküste gelegene Insel Gavdos den südlichsten Punkt Europas markiert. Die Insel hat insgesamt 625.000 Einwohner. Verwaltungs- und Wirtschaftszentrum Kretas ist Heraklion, das mit etwa 173.993 Einwohnern gleichzeitig die größte Stadt Kretas darstellt.
Auf einer Internetseite habe ich folgendes gelesen: „Kreta – Wenn ich nicht dort bin, bleibt nur die Sehnsucht.“
Dieser Satz sagt das, was Kreta- Liebhaber spüren. Wie kann man nun dieser Insel und vor Allem diesen Menschen, die dort leben, gerecht werden? Ich denke, das kann man nicht, aber man kann das Leben, das Gefühl, den Geschmack „Kreta“ versuchen zu vermitteln.

Das erste Buch, das wir als Kombination Kurzgeschichten/Rezepte/Bilder gemacht haben, heißt -Kreta mit allen Sinnen. Ok, wir haben das ausgesprochen, was wir fühlten, obwohl es wissenschaftlich gesehen nicht korrekt ist, denn man unterscheidet sechs Sinne: Sehen, Hören, Gleichgewicht, Fühlen, Schmecken und Riechen. Jetzt ist unser zweites Buch fertig und es wäre ein Einfaches, es Kreta mit allen Sinnen 2 zu nennen. Wir entschieden uns jedoch zu dem Titel -Kreta im Herzen-, da uns diese Insel und vor allem die Menschen immer näher kommen. Momentan findet eine enorme Veränderung statt, auch bei den Menschen vor Ort. Trotzdem versuchen sie, die Grundprinzipien der Gastfreundschaft aufrecht zu erhalten, auch wenn es an allen Ecken und Enden fehlt.
Dieses Buch enthält neue Geschichten, alte Fotos, die uns Mike Naletakis zur Verfügung gestellt hat, neue Bildern sowie Rezeptvariationen der kretischen Küche. Diese haben wir mit der Köchin Eleni Tsangaraki im Sommer/Herbst 2016 ausprobiert.

Bisher erschienen:

Jetzt und Immer
Ein übersprungener Tag
Verpasste Augenblicke
Träume töten ohne Warnung
Die Gesellschaft Deiner Seele
Ein Lächeln, das Dir wieder Leben einflößt
Na sou po..... Geschichten aus Griechenland
Griechische Wurzeln
Käpt´n Einauge im Märchenland
Griechenland liegt im Hinterhof
Vier Tage Mytilini oder Das Bewusstsein der Ohnmacht
Gedichte 1995-2015
Kreta mit allen Sinnen
Kreta im Herzen

GEDICHTE
Jetzt und immer
Niko Papadakis
Ein übersprungener Tag
Niko Papadakis
Verpasste Augenblicke
Gedichte und Kurzgeschichten
Niko Papadakis
Träume töten ohne Warnung
Niko Papadakis
Die Gesellschaft Deiner Seele
Gedichte und Kurzgeschichten
Niko Papadakis
Na sou po......
Geschichten aus Griechenland
Niko Papadakis
Griechische Wurzeln
Gedanken eines schwäbischen Griechen
Niko Papadakis